和風細雨集
創作散論

都本偉　著

謹以此書獻給
我的父親都元芳、母親尹秀華
兩位老教育工作者！

《和風細雨集》創作感言

都本偉

一、主題

鑒於政治鬥爭的腥風血雨，政治運動的暴風驟雨，官場上的爾虞我詐，商場上的巧取豪奪，自然界中的掠奪性開發對人類的心靈和情感所造成的破壞性打擊，我主張建立一種人與人、人與自然、人與社會和諧融洽的文化。在日常生活中，將注意力放在了對自然之美的歌頌，對人類情感的抒發，對日常和諧生活詩情的解答。故將近年創作的百餘首詩詞結集，命名為《和風細雨集》。

「感悟生活」是對日常生活的體驗和讚美，通過大量細節性的描寫，把人們帶到日常生活的生動場景之中，給人以嶄新的生命體驗，盡情地抒發人間的親情、友情、愛情、鄉情和自然之情，倡導建立一種人與人之間友善相待、人與自然之間和諧共存

的社會關係，嘗試對美好生活進行詩意的解讀，以體現我對真善美的執著追求，對人類最美好情感的真切感悟。

「寄情山水」是旅行時，面對名山秀水帶給我的震撼和感動時的詩意表達。祖國壯麗的名山大川使我生出無限的敬意和柔情，我將所見、所感、所悟入詩，將大自然詩化、藝術化，也隱含地表達了我對順應自然、保護自然、熱愛自然的觀念，追求的是中國哲學「天人合一」的境界，也是對西方哲學「重整破碎的自然和重建衰敗的人文精神」使命的積極回應。

「思古幽情」是撫今追昔的感慨之言。中國歷史源遠流長，中國「史記」典籍浩繁，我主要選取了歷史上的傾國傾城之美、曠世絕代之才的詩情追憶，營造一種「柔美」的氛圍。同時，用詩的語言表明對歷史上這種柔美的破滅、流失的感傷和懷念，引導人們去審視、去思索、去感受、去想像這些歷史人物，悠然而發懷古之情思，從而與少量的歌頌英雄豪傑的詩作形成「反差」，表明對「刀光劍影」歷史的不忍和對和平生活的渴望。

二、詩情

詩必須有感而發，「情動於中而形於言」（《毛詩．大序》），「悲落葉於勁秋，喜柔條於芳春」（陸機《文賦》），「外物的變化使人的內心感情產生搖盪，詩人就用詩歌把它表現出來」（葉嘉瑩《好詩共欣賞》），正如劉勰所言：「物色之動，心亦搖焉」（《文心雕龍．物色》）。因此，王向峰先生總結道：「情感的融入，這是詩的本體所在，沒有它就沒有詩，也就沒有了藝術的審美根底。」（《王充閭詩詞創作論集》）

但是一般人所具有的或歡喜或悲哀的情感如不付之於美的合乎音律的表達，則不成其為審美對象，亦不能引起人的審美共鳴。只有將情感昇華為具有一定體式的語言表達，付之於音律和諧、平仄起伏的吟誦，才具有詩意，才能情景相融，情境相生，「情景相觸，而成詩」（謝榛語）。

充閭先生說：《和風細雨集》，「無論是寄情山水，謳歌祖國的壯麗河山，還是緬懷雙親，抒寫對親友的眷戀，詩人都充溢著一種灼灼的真情。」（《和風細雨集》序一）誠哉斯言，〈母祭日感懷〉、〈清明祭〉等是我滿懷深情對雙親的無限懷念（親情）；〈焚祭〉等是我對已故詩友情真意切的詩情表達（友情）；〈可不可以〉、〈等你，在雪中〉、〈相遇〉等是我對愛情執著追求的浪漫情懷的詩意闡發

（愛情）；〈英金河的訴說〉、〈族聚頌〉等是我對生我養我故土的依戀和同族兄弟親如手足關係的詩性解答（鄉情）；而更多的詩作，是在面對祖國名山大川的壯麗秀美、四季流轉的景致變化時，引起的情感衝動而作的激情抒懷（自然之情）。

總之，詩人要有「與花鳥共憂樂」，「以自然之眼觀物，以自然之舌言情」（王國維《人間詞話》）的情懷，引外美為內美，進而實現「內美」和「外美」的統一，「有我之境」與「無我之境」的貫通。

三、格式

真情的表達，總要付諸一定的語言格式，採取哪種格式，表達情感的效果不一樣。《和風細雨集》大體上以三種格式為載體，即詩、詞、自由體。詩作分五絕、七絕、五律、七律、排律，詞則用了三十餘種的不同詞牌，自由體雖所選不多，但都適合表達淋漓盡致的情感，比詩詞更少語言的束縛。我認為，自由體應是當代詩歌和青年詩人應努力致力的方向。

那麼，哪些情感需用詩來表達？哪些情感需用詞來抒發？哪些更適合自由體？我是這樣考慮的：

首先是詩，古人云詩是言志的、載道的。「在心為志，發言為詩」，子曰：「興於詩、立於禮、成於樂」，「不學詩，無以言」。所以，詩是表現一個人內心的感情和志意的，是載道的。在詩詞創作中，我將日常生活中比較「大」的題材，能表明我個人的價值判斷、人生追求、歷史觀點、現實理想的「興發感動」，賦之於詩的形式，表達出來。比如〈遣懷〉抒發我對音樂和詩詞的摯愛和追求；〈西湖夜色〉表明我對自然和人生滄桑的感悟，〈園中閑〉、〈蓮花島遊記〉表明我的逍遙自在的人生觀；〈虞姬頌〉、〈詠嘆成吉思汗〉、〈岱廟懷古〉都是思古遺懷之作，對古人的氣節、豪情的吟誦；〈登千山有悟〉更表明了我的看破官場得失，寄情山水的灑脫心態。總之，詩，不能無病呻吟，「為賦新詩強說愁」，詩，是人生理想，生命志向之特殊文體的表現形式。

其次是詞，一般人認為，詩是押韻的美文，詞也是押韻的美文，好像差不多，其實不然。詩言志，而詞言情；詩題材可大，詞題材可小；詩句式較整齊，而詞長短句不一；詩，是作詩，是創作，需演唱時，則按詩意譜曲，詞是先有曲調，先有樂譜，然後按照這個牌調來填寫歌詞，又稱「填詞」，而且每個詞牌都有詞意、字數、句式、韻腳、平仄的嚴格要求。我個人感到，詩易識，詞難填。根據詞的長短句式善於表達細膩、悱惻、柔美的情緒，我填了一部分「詠夜」、「詠雪」、「吟春」、「吟園」、「嘆花」、「惜草」的詞，以表明對自然美景的渴望，表達當下內心豐富的情感體驗，並力求做到借景抒情。但在創作中，要將詞牌的詞意、字數、句式、韻腳、平仄的要求統一到當下情感的表達，往往顧此失彼。所以在填詞時，這五種要求很難統一。因此，我將這些詞統一刪去了詞牌，只是作長短句的詩出現，不冠以詞牌，以維護中國古典詞牌的嚴謹性。

再次是自由體，顧明思義，此種體裁自由靈活，句子可長可短，篇幅可大可小，可一韻到底，也可換韻，甚至不押韻。在《和風細雨集》中，也輯錄了我少量的自由體詩。但我作的自由體詩大都一韻到底，不換韻，這樣做容易朗讀。而且我的自由體詩力求語言的形式美，題材的意境美，朗誦的韻律美，「構思巧妙，意境幽渺」（王充閭語）是王先生對我自由體詩的評價，但我自知還差得很遠。

總之，以上這些創作體會，都是我在詩詞創作中摸索總結出來的，僅屬一家之言，不足為他人法。

目次

輯二　詩詞評論

◎輯一◎

詩詞作品

祭祖

吾祖乃元朝之都達魯花赤，傳為蒙古草原首領，馳騁朔漠，橫掃千軍。後為膠東半島封疆大吏。元滅後，明太祖朱元璋賜都為姓，予其後裔。今在煙台牟平北頭村的都氏宗祠供奉著始祖的神位，保留著都氏族譜。每年都有都氏子嗣從全國各地回去祭祖。

踏漠千秋如卷席，
馳疆萬里馬蹄疾。
無邊大海翻作浪，
挺立潮頭誰敢欺？
天漸遠，夢無期，

都氏輩輩逐浪擊。
始祖偉業名千古，
後人承載更奮蹄！

清明祭（一）

一鈎弦月映淒涼，
星夜奔故鄉。
數月未拜雙親墓，
身遠心常往。
而今肅立父母旁，
再灑淚之傷。
清明兒女斷腸日，
生死兩茫茫。

清明祭（二）

天地崩，
雙親夢斷紅山東。
紅山東，
年年風吼，
子女別痛。

兒時攜我紅山行，
而今相對影無蹤。
影無蹤，

鶴飛天外，

往事隨風。

母祭日感懷

生離死別足堪傷，

日常思，夜難忘。

慈母音容，

烙印兒心上。

猶記當年訣別日，

悲不禁，斷人腸。

昨宵夢裡又還鄉，

老爹娘，正倚窗。

望子歸家，
涕淚一行行。
待到醒來情更苦，
天上月，色昏黃。

焚祭

難訴思懷疊，
悵今朝，塋煙縷縷，
斷魂時節。
猶記寒窗風雨瀝，河山越。
樽酹酒，恨離別。
生前寫就千千頁。
祇如今，壘成華冊，
倩君覽閱。

柳陌桃蹊尋舊影，
怎遣情深意切。
焚寄與，詢聲凝噎。
新雨但憐催淚下，
祈蒼天，冥界有相協。
恭叩首，賦悲闋。

人生感悟

早歲不知有累，
工學伴過人生，
而今真該悟出情。
生活雖平靜，
心底有回聲。

茫茫沉夢該醒，
人間幾度春風？
容顏易老如浮萍。

後生會有意，
歲歲更年青。

獨吟

春花秋月本自然，
不羡牡丹，
獨愛雪蓮。
迎風傲雪不畏寒。
潮起潮落本天然，
不作鴉雀，
甘為海燕。
搏濤擊浪盡歡顏。

期許

異國異地異鄉人，
無奈兩處思親。
相望相盼不相遇，
怎得安魂？
輪向他城易奔，
心往涯海難尋。
容若相逢再相近，
風和夜深。

夜思

午夜星辰伴月明，
居家難入夢。
點青燈，
起來獨自繞園行。
花草靜，
有鵲但無鳴。
半百為功名，
有誰知吾意，

覺人生？
四周天籟靜無聲，
知音少，
心事有誰聽？

離篇

人生悲與歡，
何處道離篇。
窮目四覓知己，
星空對枕眠。
眾裡尋他百度，
菩提膜拜千遍，
心照苦無言。
子期早逝，

紅樓夢殘。
飛天攬月易，
徒步今生覓已難。
英雄自古氣衰，
紅顏從來命短，
才情難得兼。
莫解紅羅裳，
為待三生緣。

天訣

昔日長城關隘，
今朝紫禁寬街。
惜曠世英豪，
難易春秋更迭。
更迭，
更迭。
人豈能與天訣。

七夕歌

一張几，
兩處殘椅，
三十載更替，
四海乾坤難尋覓！

一份心，
兩廂情意，
三生緣註定，
四面相思無窮已！

芳草詩情

晨早怎生過？
觀秋園，
倚柵吟和。
芳草依舊鮮，
但卻孤人一個，
麼麼麼！
人生匆匆過，
誰擬待，

詩書結果？
看世人，
忙忙碌碌為，
有幾人心燃火！

教師節抒懷

秋園滿地果花香，
天氣近重陽。
春來撒下種子，
秋季稻花黃。

思往事，惜時光，
路茫茫。
此生終想：
心繫園師，情老學堂。

期盼

九九豔陽普照，
清風掠過雲天。
近旁鵲鳥遠方燕，
各自有誰陪伴？
久已孤人習慣，
不需候鳥臨前。
酒茶相敬吟詩篇，
記取人生初見。

盼聚

日近重陽迎碧樹，
情滿亭樓，
盼聚無人處。
誰把真心來傾訴？
寒來暑往無期數。

共議詩書評李杜，
對酒當歌，
別語眉還皺，

天長地久誰能有，
山高水遠知何處？

同窗別

共飲舉頻杯，
道盡離愁，
垂星皓月伴人歸。
總記當年讀寫處，
旁有書陪。

聚散兩相飛，
有憾難說。
十年再遇鬢毛催。

那時重逢如相認，
知與誰陪？

續舊兩首

（一）

匆匆三十年前友，
左右江邊敘舊遊。
何處飛鴻驚夢醒，
一江秋水載雙舟。

（二）

三十年前吾識君，
瀋水之濱沐陽春。

分別歷經風吹雨，
依舊情深似故人。

三十年聚會感言

三十寒暑一瞬間，
地北天南雨如煙。
山河依舊催人老，
音容笑貌仍如前。
夢裡常憶同窗誼，
醒時不覺白髮添。
聚散本是平常事，
但留情義在人間。

夜讀

園寂靜，
夜淒清，
抖落穹廬三兩星。
誰說初秋月色冷，
好書伴我到黎明。

晨園

觀花觀草賞鶯鳴，
輕攬掌中風。
庭前綠帶初陽映，
一絲柳，千種柔情。
灑水繁花滴露，
風吹葉葉搖英。
秋光漸覺到園庭，
依舊賞新青。

流連蝴蝶疑春日，
又飛來，莽撞黃蜂。
惆悵雙鵲未到，
惟聞一曲孤鳴。

窗外

房角晨曦一縷霞，
斜輝映照滿園瓜。
杏枝金葉似春花。

藤動鳥鳴飛喜鵲，
戶開風入舞窗紗。
深秋秀色繞余家。

摘園

昨兒細雨庭前落，
綠草茵茵，
果子沉沉，
有燕歸來樹上吟。
晨起又臨初秋景，
滿抱瓜身，
喜獲豐林，
老兄摘園樂在今。

梧桐與雀窩

今晨杏樹雀築窩，
去歲梧桐待新說。
預兆家國喜事多。

春枝已然結秋果，
藤上喜雀唱新歌。
人間能有幾人何？

注：去春房後自生一棵梧桐，今夏庭前杏樹偶築一雀窩，故生聯想。

初秋感賦

初秋該有新情緒：
涼了清風，
結了南瓜。
摘了紅果滿口沙。
假日該有閑情樂：
飄著竹笛，
練著書法。
隨後園內再賞花。

立秋

早迎立秋時節，
草上露珠啼咽。
殘紅太伶仃，
清風陪她花歇。
花歇，
花歇，
似是人生有缺。

秋園

鳥啼風爽吟秋園，
芳草綿綿，
花錦團團，
日照高藤葉上懸。
草衰花落知多少？
目仰雲天，
不日門前，
滿園枯黃獨自憐。

秋思

秋葉飄飛杏枝稀，
鴉雀過聲低。
雨排疏樹，
一藤枯蔓，
數度風急。
陰天欲雨秋聲疾，
花落又該期。
無情歲月，

有情芳草，
兩相難離。

中秋賦

中秋，
有一種情思寄遙遠。
白的雲，
藍的天，
飛的燕，
穿行著我的思念。
中秋，
有一種情愁在遙遠。

空的谷，
靜的水，
雪的山，
你的影子不在身邊。

中秋，
有一種情願在今晚。
明的月，
朗的天，
人兩邊，
有緣千里共嬋娟！

詠秋園

誰道晨園寂寞？
月季仍自紅肥。
鐵木挺挺蒼勁舊，
皂角高高朝日輝，
群鳥動欲飛。

牽牛花開正好，
沙果結得頭垂。
南瓜熟的耷拉地，

園中樂的又是誰？
主人眉色飛。

九月九

秋早樹飛花，
飄落滿園如畫。
行至小路深處，
有松鼠戲耍。

春來估且有百花，
葉落景更佳。
醉坐樹藤蔭下，
賞秋實秋華。

秋雨

秋風冷雨，
澆落離愁窗外去。
獨個淒切，
滿地飄零花自息。

回首春園，
草長鶯飛枝葉繁。
寄語青天，
快過今年到明年。

和劉禹錫詠秋詩

誰言秋日花已凋，
而今逢秋不蕭條。
且看枝頭果正鬧，
好比事業節節高。

紅葉，是你

深秋，
離開了你，
來到北美大地。
距離，
千里萬里。

拾一片紅葉，
寄給你，
她是那樣的華貴，

多像你，
紅色的風衣。
她是那樣的深情，
多像你，
送我的玫瑰。

紅葉，
就是你！
捧在手心，
與我甜言蜜語。
放在心頭，

與我如膠似漆。

紅葉，
從此，
離不開你。
夾在書中，
天天閱讀你。
放在枕上，
夜夜守著你。

紅葉知己

深秋，
拾一片紅葉做知己：
她有高貴的雍容
與非凡靈氣；
她有著戀人般的渴望，
如膠似漆；
她是憂傷的飄離
與酣暢的密語；
她是溫馨的慰藉

與綿綿的情意；
她是上帝派來的
神秘天使；
她把秋天的愛戀
寫入藍天大地！

紅葉，寄給你

自從離開你，
來到北美大地，
與你再分離。
看著紅紅的葉子，
飄來飄去，
好像並沒離開你！

紅葉屬於樹，
與枝在一起，

冬來了，
與樹暫分離。
飄走了，
落在樹根下，
雖然變成泥，
依然守著你。

拾一片紅葉，
寄給你，
請把她放在你心裡，
待春回大地，

葉茂再發，
又長在家鄉裡！

楓葉對雪花的情思

初冬，
你那裡，
下雪了吧？
天上，
紛紛揚揚，
地下，
飄飄灑灑。
你知道嗎？

白雪是楓的禮物，
葉落了，
才下雪花。
楓蓋著雪，
一言不發。
那是默默，
思念的表達。

楓期盼，
雪更大，
多多下吧！

跨千山，
涉萬水，
深情寄向，
遠方的家！

天地對話

天，很遙遠，那是父母魂靈所在。
地，在眼前，父母的骨灰在裡面。

又是祭日，又立碑前。
秋雨，兒女的淚，落葉，草木的寒。

爸爸媽媽，你們好嗎？
我們又來了，訴說心中的思念！

秋過冬來了，注意防風寒。
天短夜長了，早點關墓簾。

好長時間了，未吃兒女做的飯。
媽愛吃的餃子，爸愛吃的麵，已擺在了你們面前。

你們冷嗎？火和炭已燒完。
你們寂寞嗎？兒女的書擺在外面。

你們感應到了嗎？全家又團圓。
兒女在外邊，你們在裡面。

秋雨，停了，葉，落了。

兒女們啟程了，帶著對你們的無限懷念……

我多想

我多想，
登上長城，
跨過長江。
我多想，
上黃山，
下蘇杭。
我多想，

去聖潔的西藏，
古老的麗江。

我多想，
探茶馬古道，
攬大漠敦煌。

我更想，
更想靠近你，
飛到你身旁。

請借我一雙翅膀，
向你的方向，
縱情飛翔！

遙遠有多遠

遙遠，是時間。
記錄著走過的路，掠過的天。

遙遠，是空間，
隔著千條水，萬座山。

遙遠，是兒時的夢，
托著理想，讓風鼓滿了帆。

遙遠，是曾經的路，
並肩走過，愛在心田。

遙遠，是未來的船，
載著滿天的星，迎著如錦的花環。

而現在啊！遙遠是思念，
沐浴和風細雨，滋潤心間。

可不可以

時間可以分解嗎？
可以。
所以我用每一秒鐘想你。
空間可以分割嗎？
可以。
所以我用每一處凝望想你。
思想可以分散嗎？

可以。
所以我用每一個閃念想你。
身心可以分離嗎？
不可以！
所以我用全身心想你。
你我可以分開嗎？
不可以！
但卻總是你在那裡，我在這裡。

星月謠

昂首對星繁，
月明五更天。
誠邀星月同舉樽，
天地竟無眠。

酒香千杯少，
庭空一影單。
且賦新詩吟秋月，
人醉夜方安！

注：愛女從美回國探親，臨走之即，夜不能寐，故作幾首〈星月謠〉，以示依依不捨之心情。

續星月謠

星兒閃，
夜無言，
推窗昂首對月圓。
同在異城盼秋雨，
清涼過後各自眠。

新星月謠

星兒閃，
夜兒朦，
一片祥雲伴月行。
正是良辰美景日，
人間天上卻不同。

續新星月謠

星兒閃，
月兒闌，
星月環繞不孤單。
人間怎比今日夜，
聚少離多難枕眠。

送女游浦江

浦東樓街現霓虹，
堤邊父女攬江風。
紅酥入手難分手，
往事如新似夢中。
但願此行人長大，
歸來已然學有成。
水到浦江終入海，
雲遊北美盼歸程。

喜相逢

雲遊北美遇都城，
父女情長喜相逢。
南湖北岸尋舊跡，①
多城小巷覓新楓。②
人生半百忙忙碌，
惟有親情不了情。
但願兒女多奇志，
學有所成早歸程。

注：①南湖指加拿大多倫多市南的安大略湖。
②多城指加拿大多倫多市。

致何慶良——讀〈孝心不能等待〉感賦

無邊大愛撼山河，
有限人生動地歌。
母子情深深似海，
忠孝兩全世人說。

雲水謠

雲淡淡，
水悠悠，
雨難留。
白雲掠過頭上，
溪水流過瓜洲。
雲水一朝相遇，
過後兩處閒愁。

注：今年伏旱，連續幾月未雨，莊稼枯黃，故作若干首〈雲水謠〉，以求上天賜水。

續雲水謠

雲掠天，

水經地，

兩相依。

風過微雲淡去，

雨後流水漸離。

但願熹風再起，

雲水相遇有期。

新雲水謠

雲聚水，
水釋雲。
雲與水，
兩不分。
雲揮舞伴水，
水飄灑戲雲。
水是雲之質，
雲是水之魂。

續新雲水謠

雲是水，
水是雲。
雲和水，
不可分。
雲是水之影，
水是雲之身。
雲水相聚日，
細雨淚淋淋。

再雲水謠

雲搖搖，
水飄飄。
雲水緣，
風來召。
久旱盼雲搖，
久違期水飄。
何時風再起，
雲水田中澆。

再續雲水謠

雲呀搖，
雨呀澆。
雲雨呀，
快來吧！
草有你更青，
花有你更嬌。
想你情也急，
盼你心更焦！

枯黃，又怎樣

八月，
本該綠油油的大地，
今年變得枯黃。

莊稼，
本該果實豐滿，
眼前卻枝葉淨光。

天上，

掛著濃雲欲雨，
卻又飄向遠方。

臉上，
本已累得焦黃，
又添了一層憂傷。

兄弟，
別急的那樣，
希望，就在自己身上。

枯黃，
已披不上綠裝，
不如放棄，再尋別樣。

養牛吧！
它不需靠天增營養，
換個活法，怎樣？

蓋棚吧！
它不需季節賞光，
春夏秋冬都一樣。

打工吧！
別守著莊稼憂傷，
掙錢，幹啥都一樣。

資金呢？
不著急，莫慌張，
農信社來把貸款放。

別灰心！
不能被尿憋死，

人努力，天才幫忙。

枯黃，
就讓它枯黃，
但要尋找新的曙光！

飛走的燕

冬天，
北方的燕，
又南遷。
渾河，
早春的景，
常浮現。

燕兒，
帶走溫暖，

和夢幻。
留下，
空寂的原野，
和思念。

溫潤，
南方的空氣，
溫又暖。
寒冷，
北方的山，
雪漫漫。

再暖，
異鄉的夢，
太虛幻。
再冷，
正午的陽，
總還暖。

燕兒，
快歸來吧！
房有檐。

冬夜，
快過去吧！
帶走寒。

昭君出塞曲

體馥如幽蘭，
琵琶半遮面。
延壽筆下損，
五載不備選。
匈奴要和親，
嬙兒得自薦。
離別長安日，
浩浩送君遠。
揮淚別元帝，

茫茫大漠寒。
單于取昭君，
衷心歸大漢。
朔漠數十載，
靖和天下安。
昭君名千古，
美譽代代傳。

虞姬頌

因司馬遷著《史記．項羽本紀》，對虞姬祇有寥寥數語：「有美人名虞常幸從；駿馬名騅，常騎之……美人和之。」而無從見其美。但霸王別姬的故事，從古至今，家喻戶曉。將虞姬歸入烈女，更符合其身世以及淒美的結局。故作詩一首以頌之。

四面楚歌垓下聞，
淒淒星月夜深沉。
佳人起舞悲軍帳，
戰馬長嘶待曉晨。
寧在今宵玉碎死，

羞為明日瓦全身。
陣前飲劍酬知己，
報得重瞳連理心。

吟清照

書香門第女，
少即詠詞章。
與誠把酒品畫，
初嫁情意長。
靖康國難夫死，
堪與文物流離，
幾度遭劫殃。
祇因錯再嫁，
晚年更淒涼。

黃花瘦，
溪亭暮，
卷簾傷。
詞吟平常家事，
句句動人腸。
喚起孤雁常鳴，
拂拭兩宋文字，
更與日爭光。
一代詞宗醒，
萬世永流芳。

香妃歸漢

天山盡掃，
風吹去，
羌回十萬大軍。
香妃虜至京城日，
宮中皇天大振。
歌舞精絕，
媚睫黛深，
體香蓋世人。
兼善騎射，

英姿冠于群臣。
乾隆冊封容嬪，
攜其東巡，
安撫各路軍。
得民意者得天下，
舉世萬里無雲。
轉回宮內，
情不能勝，
歌舞娛明君。
伴人無寐，

直欲化蝶迎春。

離宮斷想

康乾盛世築離宮，
百年塞外有皇蹤。
鐵馬踏破胡虜夢，
外廟聯接蒙藏宮。
奪定八方天下事，
演繹四朝家國情。
強權雖無長生命，
但留史跡後人憑。

呼倫貝爾頌

憶昔當年烽火升，
馬上皆為豪英。
長河落日伴嘶聲。
刀光劍影裡，
無處有平生。

八百多年如一夢，
所去仍有餘驚。
祇是當下好心情。

如今無戰事，
逍遙原上行。

帥府沉思

早春二月，乍暖還寒時候，中國銀協楊再平會長來訪，我陪他參觀了瀋陽大帥府和故宮。我作詞一首〈帥府沉思〉，他和了一首，他作了一首〈瀋陽故宮〉，我又和一首。共同的事業和愛好，使我們情深意篤。

憶關東大地，
百年前，踏破鐵鞋，
山河割裂。
大帥未徵身先死，
灰飛滅。
蒼天怨，族人咽。

生前斥資造豪宅，
到如今，府成展館，
史跡陳列。

松陌柏隙尋舊影，
少帥音容何在？
天地間，故人缺。
國恨家仇終鑄成，
逼兵諫，抗日國共協。
功蓋世，古今絕。

岱廟懷古

五月中旬，來到泰安，參加都本基先生書畫展，欣逢山東省聯社王繼東主任及同事陪遊岱廟。發思古之幽情，念岱岳之大德，故作詩一首以記之。

肇始秦皇築廟堂，
數千年久歷輝煌。
石崖古蹬昭長史，
翠柏蒼松證國昌。
華夏文明留勝跡，
漢唐風物顯榮光。

登臨泰岳觀東海，
滾滾江河匯大洋。

賀碧霞祠新聯揭幕

碧霞祠乃泰山天街最東端的一處巍峨莊嚴的古建築群，祠內供奉著女神碧霞元君。二〇〇九年五月十七日，著名書法家都本基先生為祠題寫「碧天澤眾生春夏秋冬風調雨順，霞光普社稷東西南北國泰民安」對聯，並舉行新聯揭幕式。有感於此，特作詩一首，以紀念吾兄此舉。

岱岳摩崖留跡真，
山川多秀亦多文。
碧霞仙子澤天下，
靈佑神祠護萬民。
一副新聯祈國運，

四方遊客證同心。
恭臨盛典承恩雨，
把筆提詩喜慶今。

詠嘆成吉思汗——原韻奉和王充閭先生

自古英雄磨難多，
天驕生死奈若何？
橫掃千軍棄屍骨，
馳騁萬疆喚戰魔。
鐵蹄聲聲嘶烈馬，
歐亞一統必雕戈。
強梁雖無長生命，
但留英名代代歌。

海口蘇公祠——原韻奉和王向峰先生

千年難有不凋松，
文苑還數蘇長公。
詩書百代流風骨，
宦海十年不改衷。
身行萬里儋州遠，
黎民百姓與心同。
海口幸留蘇公跡，
南島今古貫文風。

釣魚臺感賦

庭院深深綠成蔭，
悠悠歲月居何人？
石橋回廊依舊在，
風物人情似有音。
墻上畫墨留真跡，
檐下鳳凰已無痕。
歷史風雲多少事，
日月輝映樹延根。

金沙博物館感懷

訪得神鳥在蜀中，
金沙堆上辨青銅。
情雕金飾兆吉祥，
崇虎石琢震爾風。
金冠不知身後事，
玉璧難料地上功。
神州再現古人跡，
史料文物代代憑。

鏡泊湖泛舟

未入鏡湖攜夢遊，
今隨夢遊吾泛舟。
鏡破湖開浪為頭。

思與洛神同入水，
不隨楚王共江流。
霎時消盡往日愁。

吊水樓瀑布

牡丹江水流向東，
熔岩阻斷鏡湖平。
紅羅仙女水為梭，
巧織瀑布似天成。
蹄崖壁立飛人勇，
驕影躍入黑潭中。
女仙真偽已無憑，
眼見才是真英雄。

登鳳凰山感悟

遼東五嶽數鳳凰，
肇始唐代太宗皇。
古剎石刻留千古，
雲峰山脊攬四方。
從前觀音常居此，
更有羅漢在護堂。
一睜一閉得且過，
海納百川天地裝。

注：鳳凰山有一座一隻眼閉一隻眼睜的羅漢峰，正符合道教與世無爭的人生觀，故有感而發。

黃龍賦

鬼斧神工數黃龍，
金盆玉露似仙留。
瑤池不染人間色，
空谷能容萬事愁。
登臨龍頂觀梯水，
俯仰群巒醉金秋。
可憾身臨擦肩過，
但留美景吾再遊。

百魔洞寫意

百魔風情滴水成，
千姿百態呈奇峰。
大棚高敞深莫測，
小泉低音動有聲。
洞頂上浮薄雲霧，
山底下落大天坑。
瑤家兒女多風姿，
遊人到此壯豪情。

移都記

木葉落寒山，
秋水漫漫。
風風雨雨歷華年。
猶記都城移小鎮，
水笑山歡。

兩域一河穿，
天淡雲閑。
國會高聳佑平安。

回首夕陽紅盡處，
霞彩滿天。

揚美懷古

左江三面繞揚美，
臨水一街映日暉。
魁星樓裡藏青史，①
舉人屋外立書碑。②
五疊堂堂連豉遠，③
黃氏園園繼世追。④
南寧惟此一古鎮，
邕城郊外美名飛。

注：①藏青史，指黃興曾在此舉辦過同盟會議。

②立書碑，指屋主人清朝舉人杜元春，雖體弱多病，但仍卷不離手，勤奮好學，書藝精湛。

③連豉遠，指五疊堂主人做的豆豉遠銷東南亞。

④繼世追，指黃氏莊園主人黃厚龍子嗣遍及世界各地，不忘先祖之義。

紅水河之魂——韋拔群烈士故里行

紅河水繞到東蘭，

拔地群峰有高山。

魁星樓上運籌幄，①

北帝岩下武文研。②

滿門遭斬終不悔，③

身首相離志更堅。④

八桂大地留風骨，

四海英名萬世傳。

注：①運籌帷幄，指韋拔群當年曾在魁星樓上與鄧小平、張雲逸等指揮農民武裝鬥爭。
②武文研，指韋拔群曾在北帝岩裡舉辦了廣西第一屆農民運動講席所，在這裡研讀馬列（又稱列寧岩），操練士兵。
③滿門遭斬，指韋拔群為革命犧牲了十七位親人。
④身首分離，指韋拔群為叛徒出賣，被割下頭顱，壯烈犧牲。

百年獨秀——參觀陳獨秀舊居感賦

世上難有不凋樹，
人間易折是英雄。
中國百年惟獨秀，
寧折不彎震天行。
鐵錘砸向舊世界，
檄文痛罵眾梟雄。
歷經坎坷終不悔，
是非功過後人評。

壽鄉行

盤陽綠水流向東，
兩岸青山相對迎。
巴馬城頭望鄉里，
石板樓街尋壽星。
百年風雨催歲月，
一世情緣伴終生。
若問長命哪裡有？
淡泊清靜人有情。

九寨的海

九寨的海，高山是其容顏。
白雪晶瑩，山水相間。

九寨的海，秋林是其水岸。
楓黃映海，層巒盡染。

九寨的海，翡翠是其玉豔。
鏡水微波，寶石鑲嵌。

九寨的海，瀑布是其飄動的衫。
神秘莫測，霧靄迷漫。
九寨的海，秀水是我的思念。
南北相隔，魂夢相牽。

濱城晨景

海上風平旭日升，
漁帆點點伴潮行。
水闊天長濤浪裡，
春花尋夢潛流聲。

注：早間一群當地婦女海邊晨泳，故稱「春花尋夢潛流聲」。

魁北克懷古

聖水東流無盡期，
當年拚卻兩相襲。
此間舊炮仍猶在，
滿耳唯聞山鳥啼。
原吹草，堡飄旗，
老城新夢兩相依。
今晨待把山飛雪，
楓落銀花舊事移。

楓國觀瀑

楓林葉落秋歸去，
今又北美相逢。
忽驚綠水起濤聲，
捲起千堆雪，
呼嘯貫西風。

莫嘆懸崖壁立險，
飛流直下才驚。
此生應似水上鷹，

不為身外客，
搏浪瀑流中。

美加邊界感懷

自古邊疆戰事多，
連天烽火血成河。
而今仍有爭端界，
兩國相征動干戈。
親臨美加邊關處，
浮想聯翩感懷多。
萬里浮雲山連海，
兄弟共吟和平歌。

◎輯二◎

詩詞評論

獨得環中物外情

王向峰

我的案頭放著本偉的《和風細雨集》，展讀過後，頗為驚訝。因為我們相交多年，卻並不知道他還寫詩，而且一鳴驚人。百餘首古今體詩作，或寄情山水，感悟生命，或探幽尋古，思索人生，其潛心營造的詩情畫意，使人在潛移默化中進入詩詞的情境，受到審美的薰陶和情思的感化。這不能不說是他在從政貢獻之外向社會所做的文化貢獻。本偉是一位學者型官員，這本詩集是他利用工作之餘的點滴時間，對生活的思考和對美好情愫的探尋，是個體生命體驗和激情迸發的結晶，符合「言之不足則歌詠之」的詩歌規律。

中華民族是詩意的民族，詩歌傳統源遠流長。但在商業大潮的衝擊下，很多人生命中的詩意被逐漸消解了，傳統詩歌的地位被淡化了。本偉的努力，一方面證明著詩詞文化的存在與不朽，同時也是他刻意為弘揚中華詩詞文明、繁榮文學，做出了自己力所能及的貢獻。

本偉從政多年，先教育後實業，他以迴異常人的精力和熱情，在所涉足的領域，實現了不俗的業績，並演繹著屬於自己的本色人生。他的詩集展現了他豐厚的文學藝術修養和多姿多彩的文人情懷，字詞斟酌間顯示著學者的睿智博雅、官員的沉靜練達。我們從這本詩集中可以分享到一個智者的思想火花，走進他的詩意人生，也可以從這些從心底流出的歌聲中解讀他的人文情懷，接觸那些被遮蔽的生命中的感動。

《和風細雨集》共分為「感悟生活」、「寄情山水」、「思古幽情」三輯。三輯內容不同，形式也略有變化，感情色彩也有所不同。

在「寄情山水」輯中，杭州的秀色、海南的韻味、桂林的秀美、廬山的奇觀、草原的遼闊，一一展現在詩人筆下，真是「詩來尋我」，詩人所見、所感、所悟皆入於詩，自然、生活被詩化、藝術化了，心靈獲得了藝術的滋養。

他領略較多的是桂林——一個煙雨朦朧的城市，一個有著文化底蘊和詩一般境界的地方，到龍脊、到陽朔，登梯田、看灕江，如詩如畫。古人說，「我見青山多嫵媚，料青山見我應如是」，是天人合一的境界。讀萬卷書，行萬里路，作者每到一地，都敞開心靈，迎對名山秀水帶給他的震撼與感悟，祖國壯麗的名山大川的確讓他生出無限敬意和柔情，一首首發自肺腑的歌唱自然流出。他常對友人說，旅行要帶一顆感恩的心出發，更要帶一顆豐盈的靈魂回來。誠哉斯言，這樣的行走心靈自然會昇華、會超越，會生出廣博的愛。

義江水到蓮花島，圍堰攔出苔蘚草。
微風山出百柳綠，水漫河灘魚蹤杳。
野鴨戲水呈歡態，村姑采蔬含嬌巧。
遠客沉醉不忍歸，提鞋堰上打赤腳。

——〈蓮花島遊記〉

「風出百柳綠」、「采蔬含嬌巧」本自天然，大有真意。在這些詩中，詩人引導我們看湖山月色、椰柳桂菊，領我們渡水泉石橋、雲淡風輕。在普通人眼裡的平常風景器物，詩人都可以解讀出充滿意趣的豐富內涵，賦予其鮮明的情感特徵和社會屬性。此時，草木有情，花月含羞，它們都具有了象徵意義，是「物之色彩皆著我之顏色」，寄予著詩人的理想和追求。

在「生活感悟」輯中，詩人飽施深厚的感情，抒發了對父母的懷念，對友人的情誼。

生離死別足堪傷，
日常思，夜難忘。
慈母音容，
烙印兒心上。
猶記當年訣別日，
悲不禁，斷人腸。

昨宵夢裡又還鄉，
老爹娘，正倚窗。
望子歸家，
涕淚一行行。
待到醒來情更苦，
天上月，色昏黃。

——〈母祭日感懷〉

這首〈母祭日感懷〉用的是蘇軾名詞〈江城子〉之韻，雖有蘇詞之跡，但抒寫的卻是情真意切的母子情。本偉對父母恪盡孝道，有著深厚的感情，知天命之年，對歿世雙親更是思念與日俱增，父母的音容使他永遠地魂牽夢繞，見之於詩，讀之令人更是悲惋痛惜。

難訴思懷疊，
悵今朝，瑩煙縷縷，
斷魂時節。
猶記寒窗風雨瀝，河山越。
樽酹酒，恨離別。
生前寫就千千頁。
衹如今，壘成華冊，
倩君覽閱。
柳陌桃蹊尋舊影，
怎遣情深意切。

焚寄與，詢聲凝噎。
新雨但憐催淚下，
祈蒼天，冥界有相協。
恭叩首，賦悲闋。

——〈焚祭〉

這首〈焚祭〉是一篇祭悼懷人佳作。摯友鍾禮亡故，身後落寞，空留千千詩頁。本偉為亡友出資出版了詩作，之後竟在墓前焚燒詩集以告慰亡靈。此舉世間罕見，可比俞鍾高山流水之情，管鮑貴賤不移之誼；此等友情之真，見之於世道澆漓、人情如紙的時日，足以堪稱曠代。

在這輯詩中，本偉更多的是對日常生活的體驗和讚美，通過大量細節性的描寫，把人們帶回日常生活的生動場景之中，給人嶄新的生命體驗。

庭前陽光暖，藤蔓掛南柵。
啼鳥樹頭落，花枝陪笑臉。
孤翁藤下坐，清茶沁心間。

樂音繞耳旁，詩韻著成篇。

——〈園中閑二〉

啼鳥落樹，花枝陪笑，而老翁獨坐，清心品茶，享樂寫詩。此情此景讓人想到陶淵明的瀟灑和脫俗。深入觀察和體驗生活並讓生活進入詩歌，詩歌就會告別蒼白和空洞，回歸具體的豐富和美好。

春雪細細，
空氣更清新。
晨起推門堆雪人，
一會雪花滿身。
杏樹昨日鵲鳴。
今晨去哪濃睡？
雙燕欲歸時節，
唯有雪人沉醉。

——〈春雪〉

這首〈春雪〉寫得清新，充滿童真的可愛和智者的意趣。而在〈盼燕〉中，詩人寫道：

春歸庭裡，
鵲踏枝間，
殘雪滋潤酥田。
燕子一年一相逢，
為何春至還未見？

天淨如洗，
風輕拂面，
正可月下團圓。
但無鵲橋通南北，
忍卻相思暫為仙。

——〈盼燕〉

無論寫花寫草，寫雪寫燕，一枝一葉總關情，即使是普普通通的一片柵欄，平平淡淡的一方晴空，一次春寒，一場冬雪，大自然的四季流轉都能給詩人以啟迪。本偉就是通過他藝術的靈感和直覺詩化生活，從而使之達到一種美的境界。萬物靜觀皆自得，只有放下世間的喧囂，名利的得失，面對大千世界，靜以觀之，才能由表及裡，獲得內美，達到物我兩忘的美妙境界。如果人們無比地熱愛生活，則春之絢爛，夏之斑斕，秋之濃郁，冬之愴然，都會顯得情趣盎然。

「思古幽情」輯是詩人撫今追昔感慨之言，無論是妙筆揮就古代八大美女、四大才女的詞作，還是緬懷故宮、大帥府的歷史人物，都承載著深重的歷史的信息，讓人悠然而發懷古之幽思。尤其是西施的秀美與婉約、貂嬋的傳奇與美幻、王昭君的悲壯與信念、楊貴妃的華貴與憂怨、趙飛燕的輕盈飄逸、寶珠的琴棋書畫、甄妃的冰雪聰明、香妃的國色天香，無不極盡情態，她們或紅顏薄命、或殉國明節，無不被渲染得淋漓盡致。通過這些詩意的感悟，讀者可以穿越歷史的時空，去會見這些耳熟能詳的傾城傾國，去審視、去思索、去感受和想像，從中獲得審美的快感。

讀本偉的詩，深感其文采飛揚，文思奔放，其豐富的聯想，深厚的意蘊，充滿了作者發自內心的激情和源自生命本質的感動。這種激情，真實地流露出詩人對生命和生活的執著和熱愛。他總能以學識和人格的雙重力量將心性的修養、精神的價值、人文的關懷，一點一滴融入到平實而豐富的表達中，讓我真切地分享到了屬於這個時代學人的激情與溫暖。

本偉的詩詞，兼顧古今各體，移步換形，變格改制，標的則以直抒率真情性為準。今詩雖自由放曠，仍見出古典文化和語言的底蘊。本偉的各體詩歌，言情詠物，深入物理，深得古體詩詞之真諦。詩歌是語言的藝術，作者講究語詞的運用，尤擅長用動詞給人審美的驚奇感和情感衝撞，追求的是司空圖所說的「韻外之致」、「味外之旨」，創造出動人心魄的情感、意趣、心緒和韻味。本偉扎實的國學、人文功底，深厚的文學修養令其出手不凡。吟誦他的詩句，分享他的浪漫詩情，我們會對人生和自然，對親情友情平添深深的敬畏。

本偉在遼大讀書和工作時，我們就多有交往，特別是他對美學的偏愛，使我們更是情趣相投，每以著作互贈。在他走出遼大步入仕途之後，彼此仍未相忘於江湖，尚多有聯繫，保持忘年的交誼。今天，他又以詩與我彼此切磋深結詩緣，更留下了明天的話題。我想，今天我們不僅可以一起沉醉在三月春光裡，感悟春風化雨，草長鶯飛，更能經常凝神靜聽心靈花朵的綻放和品味天地合德的妙音。

文後題詩一首，以結文意：

為政從文並有成，詩心學者不虛名；
蒼苔屐齒收痕影，獨得環中物外情。

（王向峰：著名文藝理論家，第三屆「魯迅文學獎」得主）

肺腑歌吟汩汩流

王充閭

本偉先生《和風細雨集》付梓，邀余作序，卻之不恭，寫下幾點讀後的感想。

詩意，詩性，詩情，深深地潤澤著整個中華民族，形成了悠久而深厚的文化傳統；無論往古還是當代，都擁有最廣大的詩人群體。在這一群體中，大體上涵蓋了三類狀況：專以寫詩為業的，即文體意義上的專業詩人；專家、學者、教授、文藝家等各類專業人材中，「行有餘力」則以詩鳴者；從事實際工作，包括各級從政者，文化素養較深，且富有詩的激情者。而在古代，則以第三類為多，專業詩人也有，但終身未入仕者少之又少。就當代詩壇而論，三種範疇裡都湧現出了大量卓爾不群的詩人。本偉先生，作為學者型官員，兼具二、三兩類之所長。這大概是首要的一個特點吧？

古人說：「有一等胸襟才有一等文字。」長期而又較高的官職，使本偉先生具有豐富的人生歷練和開闊的胸襟、超拔的見識。這對於詩文的寫作具有決定性作用。確確確實實，我們在本書中深切地感受到詩人所追求的一種境界——感悟生活也好，寄情山水也好，鑒古思今也好，都能夠站在一個較高的層面上。誠如他在〈自序〉中所說的：「和風細雨是和諧生活的另一種解讀，賦予和諧以美的旋律。是一種平和地對待世界的態度，是此時無聲勝有聲的力量。」不僅此也，他更進而深入指出：「人類社會何嘗不希望和風細雨式的建設，不再折騰，國泰民安，一派安寧祥和，從而安撫人日益浮躁的內心世界。」和就是美。詩集立意甚高，展讀一過，我們就能發現，「和諧」、「安寧」原是這部詩集的主旋律；而美，則是詩作所服膺、所追求的一種至境。

本偉是學哲學的，中西哲學的底蘊為他的詩詞創作提供了豐富的滋養。而且，哲學研索本身就是一種視角的選擇，視角不同，闡釋出來的道理就完全不同。德國哲學家海德格爾強調，發掘人的生存智慧，調整人與自然的關係，糾正人在天地間被錯置了的位置，主張在完善天人關係的同時也完善人類自身。他認為，重整破碎的自然和重建衰敗的人文精神二者是一致的，並把希望寄託在文藝上。本偉先生從中感悟到，荷爾德林那句因海德格爾的闡發而在世界上廣為流傳的詩：「人詩意地居住在大地之上」，正是體現了這種哲思。仁者樂山，智者樂水。在山水間，大自然與那一個個易感的心靈，共同構成了洞穿歷史長河的審美生命、藝術生命，「天地精神」與現實人生結合，超越與「此在」溝通。大自然，成為人們的生命之根、藝術之源。

於是，他寫下了一首〈西湖夜色〉：

寂寞清秋月夜朦，湖光山色蕩微風。

斷橋路上無霜跡，落葉紛紛伴晚鐘。

詩中動靜結合，為讀者展現出一幅淡雅、清寂的素描，其中融入了詩人對自然、對人生、對社會生活的許多感悟，是詩意、畫境、哲思的主客觀的混合體，寄寓著詩人廣闊的心靈世界。

哲學的感悟和詩性的噴薄，使他獲得一雙善於發現美的眼睛。在他的筆下，山水被靈性化，生活被詩化、藝術化了，難怪他要說：「不是我要尋詩，而是詩來尋我。」詩人的腳步遍布各地，空間的轉換必然帶來心情的感應，同時會調動時間的演化。於是，登高臨遠之際，便成為詩懷擴展之時。

他有一首調寄〈浣溪沙〉的〈雪中情〉：

獨立寒坡雪上滑，

踏白背日小梅花，
形單一影旅孤斜。
燕子自從飛走後，
北回歸路莫為家，
天開雪後落檐牙。

雪，原是人們習然不察的景觀，可是，一入詩人眼界，便有寒坡獨立、孤旅形單、天開雪霽、燕落檐牙的圖景顯現，分明是一幅〈寒雪燕歸圖〉。應該說，詩的本質就是發現。詩人要永遠能夠以一雙孩子般的好奇的眼睛，去感受周圍的大千世界，去發現如日之升的新的美。

如果說，和諧是《和風細雨集》的靈魂，哲思是其筋骨，那麼，真情便是流貫全身的血脈。無論是寄情山水，謳歌祖國的壯麗河山，還是緬懷雙親，抒寫對親友的眷戀，詩人都充溢著一種灼灼的真情。於是，一首首發自肺腑的歌吟汩汩流出。這種歌吟，浸潤著作者豐厚的人文素養、多姿多彩的文人情懷，迸濺出智者的思想火花，昭示著他的被遮蔽或遺忘的生命中的感動。

詩集中新體占的比例不大，但我發現，大都饒有興味，粲然可觀，反映出作者的熟功力。

且看這一首〈可不可以〉：

時間可以分解嗎？
可以。
所以我用每一秒鐘想你。

空間可以分割嗎？
可以。
所以我用每一處凝望想你。

思想可以分散嗎？
可以。
所以我用每一個閃念想你。

身心可以分離嗎？
不可以！
所以我用全身心想你。

你我可以分開嗎？
不可以！
但卻總是你在那裡，我在這裡。

這首詩構思巧妙，意境幽渺，層層遞進，到了最後一節，陡然翻出奇境，令人拍案叫絕，堪稱是一首出色的情詩。

古人云：「序者，緒也。」其意在於幫助讀者理出一種端緒，指引一點路徑。這些功能，我這篇短文恐未做到，無非是抒發一番觀感，說說個人的看法而已。

（王充閭：著名作家，首屆「魯迅文學獎」得主）

哲學家的浪漫詩情

白瑋

本偉是我多年的至交好友，可謂誼切苔岑。我二人同為內蒙古赤峰人，算得上是同鄉，都有著草原漢子的豪爽與魄力。我們同是畢業於遼寧大學，我學的是中文專業，而他學的是哲學專業。大學畢業後我們同期留校，我被分配到校團委工作，而他則被安排在學報編輯部工作。工作多年後，本偉被調到遼寧青年幹部管理學院任副院長，後升任遼寧省教育廳副廳長。而我因工作原因從康平縣委被調到該校任書記兼院長職務，分別多年後的我們有了共同的經歷和崗位。這一次次的機緣巧合使我與本偉結下了真摯的友誼，也使我們成為了彼此生命中情同手足的莫逆之交。

在我的印象中本偉除了是一位官員，更多的時候他是一位哲人。他本人一生熱愛哲學，以研習哲學為不捨的追求。年復一年、日復一日，從無間斷過對哲學的學習研究活動。其間，我常常得到他新問世哲學著作的饋贈。

而我總以為哲人與詩人是截然不同的兩種人。哲人是理性的思想家，詩人是感性的藝術家。哲人與詩人雖都是智者，但二者卻從事著關聯不大的領域，生產著關聯不緊的產品。然而，志士偏能興作舞，在本偉身上，哲與詩這二者卻產生了催化作用，他居然將哲學與詩詞整合，融為一體，本偉用他哲人理性的思維創造出了一行行浪漫的詩詞。如題所說，本偉向世人表達、抒發的是他哲學家的浪漫詩情。正所謂「言以足志，文以足言」，正是有著這樣一種曠世情懷，比雨絲還細膩，比怒江還磅礡，才激發山本偉的創作激情與活力，其詩詞作品如泉湧般汩汩而出，展示在廣大讀者眼前。

我自認為自己是個文人，喜歡文學、創作文學、傳播文學。在多年從事這一職業的工作中，也總結積累了一定的心得與體會，在詩詞創作方面也有一定的探索與嘗試。在抱著好奇與學習的心態閱讀過本偉的詩詞後，讓我頓時產生一種新的感覺，那是有別於傳統文人筆下的詩詞，有別於格律詩體規定下的歌賦。那是一種清新的、灑脫的、不拘一格的、浪漫中夾雜著理性的哲學警句。從行行文字中又讓人體會到文人雅士們為何會強調，在心為志，發言為詩，情動於中而形於言的情境。於此，借著多年不輟的這支孤筆，也談談自己一睹為快的感想。

都說詩以品為高，這是我所推崇的一種境界，也是歷代文人墨客所追尋的一種境界。本偉的詩詞顯然是極有品位的，這源於他為人師表的博學與善知，亦源於為人處事的坦率和自然。詩的美妙之處就在於人品與詩品有著緊密聯繫，詩者的思想境界與人格品質通過其作品便可一窺究竟。

凡與本偉接觸過的人都會有這樣一種感受，他是一個情真意實的人，工作和生活中都是如此。當這樣的品格折射到詩作中的時候，自然綠韻飄逸暗香來，流淌出的便是令人心動的、令人恬靜的、令人思慮的、令人融入的文字，這些文字，句句沁人心肺，字字情真意切。

如〈天籟〉一詩：

夜深人靜萬物寂，
帘卷更衣，
鋪床盥洗。
耳邊忽聞天籟起，
風聲徐徐，
雨聲細細。

天籟原是小夜曲，
舒曼輕柔，
蕭邦華麗。
頓有幻覺無意睡，
雲裡霧裡，
欲仙欲醉。

只是入夜後，準備入睡之時，偶爾聽到小夜曲的一個生活片斷，卻在本偉的筆下被描繪成：人未眠、已入夢的幻境之中。不覺被作品的豐富的想像力所吸引，此佳作也源自於作者的高品位的生活，豐富的思想內涵以及廣闊的知識面。

都說詩以真為上，本偉的詩雖淡然，卻也講究愛恨分明。他愛得熱烈，恨得深刻，動人心弦，感人至深。而這其中，本偉的詩還帶有鮮明的思辨色彩，詩中句句充滿了哲理。這使他的詩有一個很大的特點，那就是邏輯大於想像，抽象大於形象，這也許就是哲人詩詞的特色吧？

如〈可不可以〉一詩：

時間可以分解嗎？
可以。
所以我用每一秒鐘想你。

空間可以分割嗎？
可以。
所以我用每一處凝望想你。

思想可以分散嗎？
可以。
所以我用每一個閃念想你。

身心可以分離嗎？
不可以！
所以我用全身心想你。

你我可以分開嗎？
不可以！
但卻總是你在那裡，我在這裡。

詩中講述了時間、空間、思想、身心及你我，既突出了邏輯性，又強調了哲理性，乍一看這是一首思辨色彩極濃的詩歌作品，然而深層次地卻是抒發感情的一首情詩。作者最終想要表達的是對愛人的忠貞不渝，對感情的依戀，誓死不分的志言。作品的表層看似哲理很強，但深層次的含義卻是在傳達「愛」。詩中既無一個「情」字，又無一個「愛」字，但縱觀全詩卻是情意綿綿、愛意濃濃，不得不叫人稱讚叫絕。大凡讀過本偉詩詞的人都會有一種感覺，那種輕鬆和釋懷總會在不經意的雕琢中讓人產生內心的清淨，在淡淡的描述中，本偉透露出來的詩意和情感是簡約的，卻又是實實在在的。

都說詩以意為先，本偉的詩內容大於形式，詩詞的創作重於傳達思想與主題。古人云：「情欲信，辭欲巧」。本偉的詩詞形式不束縛於格律的要求，筆走偏鋒，詩由心生，隨意遊走，不拘一格。他的作品大都詩體不一，既有古體詩的神韻，又有新體詩的灑脫，給人以清新之感。

如〈春分〉一詩：

一年又春分，
燕子回飛時節。
農夫把犁備耕，
幹枝落喜鵲。

備耕正是需雨時，
問天有雲接？
千里風鵬正舉，
雲聚雨橫斜。

全詩未依格律要求，格式完全依作者思緒而遊走，自問自答，忽起忽落，真是化雲為雨，變雨成霧，變化萬千。對於詩詞創作，我最提倡的便是詩意的自然把握和詩眼的契合靈動。讀本偉的詩，會覺得有天地間的浩然正氣，有與日月爭輝的義氣，有掀天揭地的豪氣，有氣吞宇宙的霸氣，還有法天下的真氣。本偉把這些做到了通透和出色，他儼然有一種巨大的詩意潛質在逐漸崛起，讓周圍的人稱羨不已。

都說詩以情為真，作為詩人的本偉是一個不缺乏熱情的人。在他的生命中永遠對這個世界充滿著熱情、好奇與新鮮感。他熱愛生活、熱愛生命，他細細用情體味著生活，在詩歌裡他對家庭親情的描述筆墨較多。上至父母、下至子女及對愛人，處處都體現出本偉本人對於家庭的溫情。如他詩集中「感悟生活」輯中的大量作品就充滿了對家庭的親情、對親人思念、對生活細節的描述，讓人如臨其境，引起共鳴。

如〈母親節感懷〉一詩：

人生撼事足堪吟，有養無寄最痛心。
望兒山頭石娘遠，大海濤濤更思親。
慈母恩深深似海，俠骨柔情情永真。
萬家娘在有節過，而吾親亡難渡今。

透過詩詞我們可以看到他對於母親養育之恩的無限感恩之情和無限思念之情。本偉是個熱愛生活、珍視生命、有感恩之心的人，正因如此，這些成為了他最好的創作源泉，使他的詩詞作品如春日裡的百花一般含情綻放，從未凋謝。他將他的優柔、他的歡欣、他的豪情、他的心志，在詩歌裡都滿滿地溢了出來。

除了對詩的品、真、意、情之外，我還知道，本偉是個責任感極強的人，尤其在工作上，身為一位公務人員，他不僅能夠嚴於律己，還處處以身作則。始終以一名公僕、黨員的標準來要求自己。這種公僕意識、這種工作責任感就如他對文學和哲學的愛好，始終如一，從未改變。正所謂：詩言志，歌永言。

如〈海口蘇公祠〉一詩：

千年難有不凋松，文苑還數蘇長公。
詩書百代流風骨，宦海十年不改衷。
身行萬里儋州遠，黎民百姓與心同。
海口幸留蘇公跡，南島今古貫文風。

詩中既對蘇軾世人所知的文采給予了高度評價，同時也對世人未曾了解的多難的政治生涯給予了描述。詩中深層地蘊涵著作者以蘇軾為榜樣來鞭策自己，表明個人的政治志向，力求在工作上確實有一番作為，心繫百姓，為民解憂，做到一名公僕的應盡的責任與義務。

最後，對於本偉新詩集的出版表示祝賀，對於詩壇中出現這樣一位標新立異的同仁表示高興，對於我們之間多年不變的友情表示珍惜。最終，言為文之用心，真心希望本偉在詩的海洋裡自由遊走，繼續創作出更多更好的詩詞佳作，讓我們共同期待吧！

（白瑋：著名劇作家，詩人，瀋陽音樂學院黨委書記）

大愛有詩情　學問譽官聲

劉慎思

今年八月，我應邀參加由遼寧省美學學會和詩詞學會主辦的「都本偉詩詞研討會」。圍繞本偉同志的詩作《和風細雨集》的問世，進行了認真研討。之前，我曾拜讀過他的詩作〈母祭日感懷〉及紀念母親節的文章〈大愛長存去後思〉。被詩文中所噴發出的濃烈真情深深打動，情不自禁地填了一首詞。

喝火令——讀本偉同志母親節紀念文〈大愛長存去後思〉感懷

讀罷祭茲文，
一曲大孝歌。
情感千山動遼河。
生死以禮大愛，

興風樹楷模。
母德垂青史，
孝順兒女多。
基因傳承韻君卓。
孝感動天，
科學論因果。
構建和諧盛世，
新詠好了歌。

這次研討會回來後，我又認認真真讀了《和風細雨集》全文，細細地品味了每首詩中所表達出的情懷和意境，則有了較深的感悟。

真情大愛鑄詩魂

本偉同志的詩詞作品，構思嚴謹，格律考察，韻味十足。然而最感動的卻是作品中表達出的濃濃真情，確實感人至深。讀了他的詩詞，不但能把你帶入詩情畫意之中，甚而會勾起你腦海中聯想的漣漪，進而達到與作者共鳴，這是難能可貴的。如〈母祭日感懷〉中「猶記當年訣別日，悲不禁，斷人腸」，「待到醒來情更苦，天上月，色昏黃」表達的思母情；〈謝新恩〉中「卻別日，難分手，心意誠。一壺濁酒，三杯二盞，醉臥途中」表達的思友情；〈族聚頌〉中「茲此後，更奮蹄，馬不停。踏遍青山，大地任我行」表達的鬥志豪情，都會令人浮想聯翩，感嘆不止。

「無論是四季流轉的意境捕捉，對雙親的緬懷，還是對故鄉、友人的眷戀，祖國壯麗河山的描繪、人與自然的和諧……都是我發自心底的歌唱和感懷」。本偉同志在自序中說的這段話，讓我們更清楚地看到他每篇詩作都是有感而發，這就是他的詩情，也是他作品能感人的根本原因之所在。

那麼本偉同志為什麼能夠有感而發，寫出令人感動的詩詞呢？我覺得是源於他厚實的思想底蘊。古人云「詩是言志的，載道的」，這裡說的「志」，既可以說是作者心靈的寫真，也可說是作者的意志追求，正和劉勰所言「物色之動，心亦搖焉」。本偉同志兒時的夢想，哲學專業、豐富的人生經歷，使他對自然和社會能夠具有獨到之見，使他創作的欲望如山泉噴湧不息，加之用理性思考後之大愛，去盡情地抒發，將其價值觀用形象思維表達，就會給親情、友情、愛情、鄉情、自然之情付以新意。使我們看到本偉同志的內心世界，「倡導建立一種人與人之間友善相待、人與自然和諧共處的社會關係，以體現我對真善美的執著追求」。我想這豈不就是他詩情之根源、詩魂之所在嗎！

崇尚學問譽官聲

說到寫詩與做官，這本不是同屬一類的話題。但是，本偉同志的創作經歷和他對知識的追求，對他仕途的影響，引發了我對二者的思考，從而讓我感覺到二者是密不可分、互為因果、相輔相成的。

本偉同志早年就讀於遼寧大學，專修哲學，後又讀東北大學博士研究生，具有高學歷。他是經全省考試公開選拔的省教育廳副廳長，後又到省政府任副秘書長。現在是省農村信用聯社黨委書記、理事長。同時他還兼任遼寧省銀行業協會會長、中國銀行業協會副會長；遼寧大學、瀋陽師範大學兼職教授。作為一名正廳級領導幹部，他工作十分繁忙，卻在兩年時間裡，用業餘時間寫出這本詩集，近期又出版了金融專著《農村信用社法人治理研究》，著實令人欽佩。

「我把這本詩集命名為《和風細雨集》，是我性格的寫真，亦是我追求的一種境界」，「我在詩詞的海洋中吸取營養，獲得了莫大的慰藉和快樂」。這兩段「自序」

中的話，告訴了我們本偉同志從事詩詞創作的初衷，也是他為何樂此不疲的原因。

當今社會，我們黨和政府的各級領導幹部，以及各級機關、行業和企業的負責人，大都是知識型的。如果這些同志都能像本偉同志那樣，在做好本職工作的同時，熱情地投身於文化藝術研究、創作和傳播，那將對我國的文化事業發展起到巨大推動和促進作用。翻開我國詩歌發展的歷史，做官又是詩人者比比皆是，而且有些是名留青史的詩詞大家。從春秋戰國的屈原，到「三國」時期的曹操、曹丕、曹植；從唐宋時期的杜甫、白居易、柳宗元，到元明時期的文天祥、吳偉業、龔自珍，乃至當代的毛澤東、陳毅等老一輩無產階級革命家，以及趙樸初、郭小川等同志，都是為我國詩歌發展做出傑出貢獻的人。在我看來，我們各級領導、從事各種行業的負責人、企業家，應向他們學習，在本職工作以外有些高雅的業餘愛好，或詩詞、書法，或文學創作，或體育運動。通過這些活動，陶冶情操，完善和改造自我，同時也是踐行科學發展觀，樹立新時期領導幹部形象的具體行動。

本偉同志正是這樣做的。他擔任領導幹部以後，潛心做好本職工作，勇於開拓，政績卓然。同時，他把業餘時間用於文學藝術創作、學術研究，筆耕不輟、成績斐然。先後出版了《人的希望》、《人之心》、《西方哲學引論》、《農村信用社法人治理研究》等多部專著、譯著，出版了散文集《激流人生》、詩集《和風細雨集》，哲學、美學、金融學等論文百餘篇，其外還愛好古典音樂、攝影、書法、篆刻等。他把大量的時間和注意力，用到工作和學習上，用到文藝創作上，用到學術研究上，那麼自然就遠離了官場上的爭鬥，遠離世俗的來往走動，遠離了吃喝玩樂等低級趣味，他是一個有高尚追求，有所成就的新時期學者型官員，這不正是人民群眾所希望的嗎！

（劉慎思：詩人，將軍，原遼寧省軍區政委）

偉文翰墨賦詩篇

張文剛

我與本偉同志是多年朋友，他從省政府到省農村信用社後因同行關係接觸更多些，並常有詩詞交流。他為政有聲、為文有名、為人有情。王向峰先生在本偉詩序中賦詩以贊：「為政從文並有成，詩心學者不虛名；蒼苔屐齒收痕影，獨得環中物外情。」我亦有同感，特拙書贈本偉留存。

本偉同志《和風細雨集》詩文讀畢，對本偉的才華靈氣有了更深的認識。一個身負重任的領導幹部，從政之餘勤於動筆，不僅專業論著頗豐，卓有建樹，而且寫了大量詩詞，這非等閒之輩所能為也。沒有豐富的生活，沒有深厚的文化底蘊，沒有激情靈感是絕對辦不到的。詩歌被譽為文學中的貴族，文之難，而詩更難，寫出感人肺腑之詩更是難上加難，讀本偉之詩確實令人感動。他的詩源於生活，高於生活；注重情感，抒發情感。我體會主要有三條：一曰源泉，二曰靈感，三曰底蘊。無源泉則無詩意，無靈感則無詩情，無底蘊則無詩美。

本偉同志詩集第一輯即稱「感悟生活」。不論懷念父母摯友，還是詠物抒情，都能看到本偉同志熱愛生活、觀察生活、抒發對生活的感受，生活中的一切都是他創作詩詞的題材，因此取之不盡、用之不竭。本偉對父母情深意切，母親祭日，回鄉祭祖皆有詩作，詩後還附二文以念。可見本偉居高不忘本，飲水更思源。用心血鑄之詩文，感人至深，當為悼親詩文之典範。

本偉同志創作有靈感，靈感即靈性之生發也，有於心者為靈性，感於物者為靈感，成於詩者為意境。〈夜醒〉詩中：「夜半醒來無意睡。慵起披衣，不如填詞」，這就是他靈感的真實寫照，詩意大發才有詩作。

本偉同志受過高等教育，又多年從事教育工作，具有深厚的文化底蘊。工作後從未放棄學習，因此文學創作有著深厚的功底。在百餘首詩中長短句占一半以上，實為詞作，未標詞牌，此乃嚴謹之風所致也，才能運用自如，也充分看出了本偉吸收古詞的高超能力。

豐富的生活為本偉同志詩詞創作積澱了源泉，豐富的靈感使本偉確能詩如泉湧，豐富的文化底蘊使本偉的詩更美更感人。願本偉創作出更加豐富的好詩。

最後以「本偉惠存」賦嵌名詩以贈：

本固基深眼界寬，偉文翰墨賦詩篇。

惠風細雨和諧意，存略養韜更著鞭。

（張文剛：詩人，原遼寧省農行行長，現為省政協常委）

獻出自己的無邊大愛

王永葆

《和風細雨集》立意很好，主題很鮮明。作者在自序中已經說得很明確，書名之所以取「和風細雨集」，主要是為了表明自己在追求和風細雨的境界。和風細雨是和諧生活的一種社會解讀。自然界的萬物生長需要和風細雨，人類的社會生活也同樣需要和風細雨。

從大處說，世界各國各民族之間，需要和風細雨。我們的國家正在發展經濟，全面建設小康社會，需要一個穩定的國際國內環境，更需要和風細雨，而絕不希望瞎折騰。從小處說，我們的家庭之間，親友與親友之間，人與人之間也都需要和諧安定，和風細雨。而這種和風細雨，主要表現在我們平時的人與人之間的關係上，應該是互相理解，互相愛護，互相關心，互相幫助。正像前些年有一首歌唱的那樣，只要人人都獻出一點愛，世界將變成美好的人間。作者正是從這個願望出發，通過一百多首詩詞，從各個角度，淋漓盡致地展示自己對家庭，對親友，對父母，對同志，對國家，對祖國的大好河山，以及對養育自己的大自然的愛戀之情。

全書三大部分，每一部分都緊扣這個主旋律。

在「感悟生活」輯中，作者從世界上最偉大的母愛父愛，一直寫到親朋摯友之間的關愛。同時，又從人與人的關愛推及到對大自然的愛。特別是在〈母祭日感懷〉、〈母親節感懷〉、〈清明祭〉、〈祭祖〉、〈中秋有感〉等篇，把自己對父母的感恩戴德的情緒表達得非常篤厚細緻。而在〈焚祭〉一詩中，又把自己對同志、對朋友的深摯的愛，表現得更加崇高。因為作者在好友去世後，自己出資出力，為其整理出版詩稿，以彌補其生時的未盡之事，這本身就是一篇偉大友愛的不朽詩篇。在「詠春情思」一組詩中，作者又通過〈春雪〉、〈春園〉、〈春寒〉、〈春分〉、〈春否〉、〈夢春〉、〈盼春〉、〈盼燕〉、〈春夢〉、〈春到〉、〈詠梅〉等題目，多側面多角度地抒發對春的祈盼，對春的留戀，實際上是在向讀者傳達自己對春的熱愛，對生機的熱愛，對生命不息的熱愛。

在「寄情山水」諸詩中，作者從東北家鄉寫到海南，從東海之濱寫到玉龍雪山，儘管歌詠的對象不同，各地的人文風情也有差異，但作者還是緊緊地抓住了「詩以道性情」這個主旨，堅持「一切景語皆情語」的創作理念，吟唱的一草一木，一山一水，每一段歷史和每一個故事，都散發著愛的和諧光輝，使讀者受到愛的薰陶。

詩集的第三部分是「思古幽情」。主要寫了我國古代四大美女：西施、貂蟬、王昭君和楊玉環，除此之外，還寫了趙飛燕、甄妃、香妃、虞姬、李清照、蔡文姬、卓文君等歷史上有不同程度影響的婦女形象。當然，對成吉思汗、張學良、蘇東坡等男性也有所涉及。這部分詩不管寫誰，作者總是緊緊地把握住了發掘這些歷史人物身上的民族精神、愛國熱情，讚揚他們為爭取民族和睦而自己承受遠離家鄉，遠離親人，深受痛苦折磨的犧牲精神，進而說明人與人之間和諧相愛是我們中華民族的傳統美德，是我國古代文明的重要組成部分，通過讚揚這些歷史人物來表達自己的愛心。

總之，我覺得《和風細雨集》的內容比較充分地體現了作者的創作初衷，詩中反映出來的對父母，對親友，對同志的愛，對祖國河山的愛，對祖國光輝燦爛的古代文明的愛，正是作者本人要奉獻給讀者的無邊大愛。

最後，賦七律一首，以贈作者。

龍蛇走筆意縱橫，字字珠璣耀眼明。
厚重吟情如細雨，溫馨雅興是和風。
精雕節物凝神氣，漫染山河駕靄紅。

送抱推襟皆妙語，詩壇喜看翥新鵬。

（王永葆：詩人，原瀋陽市于洪區政協主席）

惟有愛詩心未歇

孟繁華

在社會生活整體結構中，文學的地位日見跌落已是不爭的事實。在這種情況下，作為文學高端形式的詩歌的地位可想而知。但是，文學從來也沒有進入過生活的中心，因此也沒有必要擔憂它的邊緣化——因為包括詩歌在內的文學，從來就是寂寞的事業，它只與熱愛它的人群有關。我固執地相信，一個熱愛詩歌的人，他的情懷、境界和內心的豐富性，終究是與眾不同的。世俗世界可以嘲笑詩人的潦倒或癲狂，但他們永遠難以體會詩人的人生和經驗。

讀都本偉先生的詩集《和風細雨集》，就是對都先生人生和經驗的閱讀。他將詩集命名為「和風細雨」，顯然表達了他的一種人生態度或想像。他希望這個社會或世界能夠風和日麗細雨潤物，一派和平寧靜的景象。這當然也是所有人共同的願望或夢想。更有趣的是這部詩集的體式，它既有現代白話詩，也有古體詩，既有長短句，也有自由體。它確實表現了都先生對詩歌體的廣泛興趣。古體詩或長短句，曾是中國文學的經典形式，它創造的輝煌和作為文學遺產的巨大而久遠的影響，至今仍然沒有成為過去。無論在學院還是在民間，那些著名的詩句幾乎所有的人都耳熟能詳。民族傳統文學的廣泛基礎，使寫作古體詩的人都有很高的起點。都先生曾有一首調寄〈浣溪沙〉的〈雪中情〉：

獨立寒坡雪上滑，
踏白背日小梅花，
形單一影旅孤斜。

燕子自從飛走後，
北回歸路莫為家，
天開雪後落檐牙。

詠雪是古體詩重要的題材之一，歷來為詩人所重視，留下了許多千古佳句，如：「欲渡黃河冰塞川，將登太行雪滿山」；「柴門聞犬吠，風雪夜歸人」；「孤舟蓑笠翁，獨釣寒江雪」；「遙知不是雪，為有暗香來」；「千里黃雲白日曛，北風吹雁雪紛紛」等。一個「雪」字竟引發情愫無數。由此可見，中國古體詩的取材特點和傳統文學的無窮意蘊。都先生因雪生情，由情即景，詩中有畫。可見對傳統文學深有體會。我對本土傳統文學歷來懷有敬畏，它的博大精深既讓人迷戀又難以企及。特別是它言有盡意無窮的意味或韻味，更是令人驚嘆不已。

都先生寫古體詩，但並非「厚古薄今」。他也寫現代白話詩或自由體新詩。毛澤東寫古體詩，而且成就斐然，但他對新詩評價不高。他的看法與個人趣味有關。事實上，新詩所取得的成就早有公論。都先生有一首〈可不可以〉：

時間可以分解嗎？
可以。
所以我用每一秒鐘想你。

空間可以分割嗎？
可以。
所以我用每一處凝望想你。

思想可以分散嗎？
可以。
所以我用每一個閃念想你。

身心可以分離嗎？
不可以！
所以我用全身心想你。

你我可以分開嗎？
不可以！
但卻總是你在那裡，我在這裡。

都先生肯定讀過余光中先生的〈鄉愁〉。在〈鄉愁〉中余光中先生用「郵票、船票、墳墓、海峽」四個意象把鄉愁具象化，從郵票到海峽，「鄉愁」不斷在放大，使這首詩有一種流暢的音樂旋律在流淌迴盪，不愧為新詩典範。都先生的〈可不可以〉

分別用「時間」、「空間」、「思想」、「身心」作為具體意象，表達了對「你」的思戀、懷想。不同的是，都先生這首詩非常「哲理化」，既辨證又具體。哲學學養對他詩歌的影響一目了然。但無論「可不可以」，最後卻是「你在那裡，我在這裡」，使詩歌陡然變化，這種突兀逆轉驟然提升了詩歌情感力度。因此，即便將這首詩放在當代詩歌中評價，仍然不愧為一首好詩。

《和風細雨集》是「感悟生活、寄情山水、思古幽情」真實而生動的寫照。他認為「和風細雨」既是他「性格寫真」，亦是他「追求的一種境界」。每個詩人的身分、地位以及對生活理解的不同，他們有權利選擇表達生活的情感方式和方法。

我與都本偉先生比鄰而居，偶爾見面也多為寒暄。《和風細雨集》中有調寄〈卜算子〉的〈晨觀〉詩為證：

枯藤掛冷枝，
寒雀鳴園靜。
後院有亭無常客，
寂寞孤人影。

時事無恆定，
天氣有陰晴。
待到春暖花開日，
枯獨一掃淨。

詩中「後院有亭無常客」，說的就是我家。我經常外出，甚至不是自己家的「常客」。都先生住我前院，一望便知。我只知道都先生是一個很高級別的官員。官員寫散文的很多，有的甚至寫出了很高水準成為著名的散文大家，比如我熟悉的王充閭先生等。但寫詩的似乎不多見。這不是因為寫詩需要更多的時間，而是需要另一種才情。都先生不僅寫出《和風細雨集》，而且即便從專業的角度看，他也取得了相當的成就，這就更難能可貴了。

（孟繁華：著名文藝評論家，魯迅文學獎評委，中國社會科學院博士生導師，瀋陽師範大學教授）

和熙春風之象

白長青

都本偉新近出版的《和風細雨集》，是一部很有特色的詩集。這種特色，甚至從它的名字就可以看出來。和風細雨，既是一種追求，也是一種境界，在創作中，就是舒展一種和諧之象。這種和諧，實際上也是一種大的審美境界，是藝術的大寫意，它也是春之象，其中包含有多方面的內容，它和詩人的創作個性，以及詩作的審美情境都是聯繫在一起的。這部詩集，即是詩人審美創造中的情境相融，詩我一體的寫照，從中，我們可以感受到作者所追求的那種平和、積極、純淨的精神之美。

這本詩集裡，給我留下深刻印象的有這樣三種類型的詩。

首先是生活情景詩。作者以一種平民化、生活化的的視角，懷著一種親切愉悅的心情，留心觀察日常生活的一些細微場景，對之進行一種藝術的審美再現。如他寫在自家田園中勞作的樂趣，寫園中的花、草、藤及各種植物，他寫春歸的燕子，冬日的白雪，都寫得那麼有感情，那麼富有情趣，進而把生活審美化，情趣化，乃至於精神化。這種對自然景物的描寫，恰如王向峰先生認為的，是一種「自覺化的詩化生活，達到美的境界。」其中一些景物的描寫，極富生活氣息，具有一種畫面感和動作感，猶如一組動態的景物寫生。如這首〈雪中情〉：

獨立寒坡雪上滑，
踏白背日小梅花，
形單一影旅孤斜。

燕子自從飛走後，
北回歸路莫為家，
天開雪後落檐牙。

這首詞寥寥數語，以一種白描的手法，勾勒出雪日裡旅人的孤寂。特別是那飛走的燕子和雪後落檐牙的聯想，不僅畫面感、動作感都很強，而且富有一種生活哲理的思索韻味。再如〈晨遇〉詩，描寫作者晨起去散步，正是「風拂細柳，綠蔭悄悄住」的時候，作者「正欲拈花嗅」，卻「忽聞人語聲」，發覺「無約尋春，有客緊隨後。」那麼，在這樣一個晨練的過程中，這個無約而至的有趣的「客」是誰呢？作者沒有說，留給讀者去想像。但這個「緊隨」而至的「客」，無疑應是作者的友人，他的出現，也一定是配合著作者意中的春和春情的。這首詩描繪了一幅生動的春日晨履圖。作者清晨尋春的情愫，佐以友人緊隨的輕輕步履，渾然地將春意和友情兩者關聯起來，同時，作者的腳步和友人的腳步的前後踏和，也凸顯了一種別有創意的造型藝術。在這首不長的詩中，作者精細的觀察和細膩的美感表達，給人留下了深刻的印象。

其次是陽剛豪放詩。作為一個蒙古族詩人，我覺得都本偉的一些詩，融入了蒙古民族所特有的那種豪放豁達，自在樂觀的精神血液，展現出一種陽剛豪放的詩風，特別是當同學同鄉同族聚會的時候，這種豪邁的感情尤其酣暢。如〈祭祖〉：

踏漠千秋如卷席，
馳疆萬里馬蹄疾。
無邊大海翻作浪，
挺立潮頭誰敢欺？

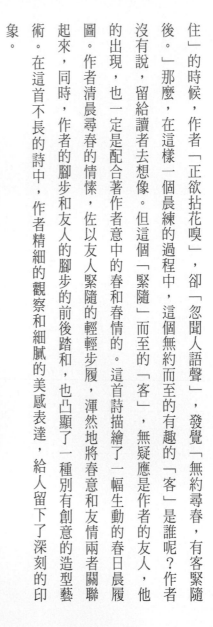

天漸遠，夢無期，
都氏輩輩逐浪擊。
始祖偉業名千古，
後人承載更奮蹄！

這首詩寫得很有氣勢，既有奔騰的草原駿馬，又有浩瀚的大海波濤，有畫有聲，形象地展示了草原首領、封疆大吏都氏宗族的輝煌傳承，是一段濃縮了歷史的美文字。沒有一種自信和豪情，是寫不出來的。再如〈族聚頌〉、〈帥府沉思〉、〈詠嘆成吉思汗〉等篇，也抒寫得大氣豪放，表達了一種「大地任我行」的氣概。我覺得，在當前的詩壇，這種陽剛豪邁之作，只嫌其少而不嫌其多。

再有就是情詩。作為都本偉詩風的另一面，他的情詩寫得也很精彩。如〈午夜思〉、〈避雨〉、〈可不可以〉、〈等你，在雪中〉、〈天涯芳草〉等，都是值得一提的佳作，展示了詩人情感的柔美的一面。在〈午夜思〉中，作者通過寒夜、曉春、淚痕、燭燈這些孤寂的意象，流露了一種「欲說心事，紙上無言」的朦朧的感情，表現出一種朦朧的寂寥的美。這種朦朧的詩意的美，足以掀起讀者的一種別樣的情感漣漪，這是他的另一個尚待開發的創作領域。

都本偉的詩，不是為寫而寫的，而是努力地駕馭它，讓詩為作者的感情服務，為作者的思想而存在。他是把詩當作自己的友人，當作表達自己思想情感的一種載體去創作的。因此，他的詩是真誠的，他的詩的情感是美麗的。願這種美麗的情感，長久地保留在他的詩作中。

（白長青：文藝評論家，遼寧社科院文學所原所長，研究員）

佳詩貴在有真情

王維閣

都本偉先生的詩集《和風細雨集》出版了，這是遼海吟壇的好事。本偉屬於學者型的官員，事務繁忙，但不忘情於文學，兩年多的時間，在工作之餘，創作了百餘首詩詞，可喜可賀。從詩的內容上看，和風細雨，抒寫的是和諧社會的和諧生活。從形式上看，有古典詩詞，有新詩，有介於二者之間的變體（自度曲）。本偉這些作品，不像某些新詩那樣朦朧、散漫，也不像某些格律詩詞那樣呆板、直白。詩句整齊，文字精練，押韻，可讀，有的詩很感人。

自改革開放以來，古典詩詞煥發了勃勃的生機。一九八七年中華詩詞學會成立。各省、市、自治區也先後成立了詩詞學會。各市、縣及大企業也陸續成立了詩詞學會。無數的詩社、詩刊也如雨後春筍，紛紛破土而出。據說，全國寫古典詩詞的人超過十萬之眾。遼寧省的詩詞隊伍也很龐大，據說有幾千人。新老詩人，辛勤耕耘，的確創作了許多好的作品。但從總體上看，平庸之作又確實太多。

我們在報刊雜誌及數以千萬計的詩集上，經常看到一些硬湊的詩。這些所謂的詩，只具有詩的形式，而沒有詩的內容。一是節令詩。遇到什麼節日，或春節、端午、中秋，或「三八」、「五一」、「十一」，一寫就是好幾首。今年寫，明年寫，看不出什麼區別。二是會議詩。上邊開了個什麼會，一寫也是好幾首。這個會，那個會，沒完沒了，沒有什麼異同。三是應酬詩（或稱蹭飯詩）。不論是企業還是事業單位，請你去了一次，或參觀，或訪問，回來又是幾首詩。給這個單位寫的，到另外一個單位也能用。四是旅遊詩。到了一個地方，看了一個景點，一寫就是好幾首。抓不住特徵，隨便描摩一下景點的位置或外貌，或加上點背景材料（如神話傳說等），沒有自己的感受。此外，還有多種多樣，或五言（七言）四句，或五言（七言）八句，便名之曰「絕句」、「律詩」。有的詩也合格律、用對仗，韻腳也合乎要求。「不講平仄，即非律詩」（毛澤東語）。講平仄的就都是詩嗎？不是。平仄、對仗、用韻，只是形式上的東西，是皮毛。古典詩詞的血肉是感情。香山居士有言：「詩者：根情，苗言，華聲，實義」（〈與元九書〉）。隨園老人也說：「詩者，人之性情也。近取諸身而足矣。其言動心，其色奪目，其味適口，其音悅耳，便是佳詩」（《隨園詩話．補遺》卷一）。

回過頭來，我們再來看看本偉的詩。本偉的詩，無論是感悟生活也好，寄情山水也好，思古幽情也好，都是有血有肉的。他以哲人的睿智和哲思，抒發自己內心的感受，詩筆所至，五湖四海，古往今來，自然社會，天地人心。這裡有愛國之情，思鄉之情，敬業之情；有親情、愛情、友情。其中，不乏使人「動心」的「佳詩」。

詩重情，尤重真情。袁枚論詩，講究「先天真性情」（〈再答李少鶴書〉），「性情得其真」（〈寄程魚門〉），「千古文章，傳真不傳偽」（《小倉山房集》卷三十）。《隨園詩話》中說：「熊掌、豹胎，食之至珍貴者也；生吞活剝，不如一蔬一筍矣。牡丹、芍藥，花之至富貴者也；剪彩為之，不如野蓼山葵矣。味欲其鮮，趣欲其真。人必如此，而後可與論詩」（《隨園詩話》卷一）。重真情，是袁枚「性靈」說的要義與精華所在。

袁枚論詩聖杜甫，亦從「情」字著眼。他說：「人必先有芬芳悱惻之懷，而後有沉鬱頓挫之作。人但知杜少陵每飯不忘君，而不知其於友朋、弟妹、夫妻、兒女間，何不一往深情耶？觀其冒不韙以救房公，感一宿而頌孫宰，要鄭虔於泉路，招李白於匡山；此種風義，可以興，可以觀矣。後人無杜之性情，學杜之風格，抑末也！」（《隨園詩話》卷十四）袁枚認為杜詩的好處不僅在於「每飯不忘君」，更在於「深於情」。這確實是大見識，真能得老杜之心。

其實，袁枚本人也是這樣的人。《清史稿・本傳》中說：「枚篤於友誼，編修程晉芳死，舉借券五千金焚之，且撫其孤焉。」他的詩文集《小倉山房集》中關於朋友、兄妹、兒女之情的佳作頗多，皆是真情洋溢之作。

古人論詩，重在知人論事。俗話說，文如其人，其實詩更是這樣。一個人的詩品是同人品分不開的。詩中往往包含著詩人的政治傾向、思想感情、道德品質和審美趣味，沒有正確的世界觀和高尚的情操，怎麼可以寫出好的詩來呢？我們在讀《革命烈士詩抄》時，感動得流淚。革命烈士的詩是用血寫成的。錚錚鐵骨的人，才會有擲地有聲的詩。古今中外，概莫例外。岳飛、文天祥、于謙，他們都不是以詩詞名世的，但他們留下的作品，無不光彩奪目。這是他們人格的體現。

在《和風細雨集》中，我很喜歡作者懷念父母、懷念摯友的篇什。這些作品也一定能引起廣大讀者的共鳴。這些作品是作者真情的流露，是他魂牽夢繞的情結。他出資為故去的朋友出版詩集，在亡友兩周年祭日，將詩集於亡友墓前焚燒，這事情本身就感人。「柳陌桃蹊尋舊影，怎遣情深意切，焚寄與，詢聲凝噎」（〈焚祭〉），詩人的深情是無法形容的，只好直抒胸臆。這同上面提到的袁枚焚燒借券之事，兩者何其相似。古往今來，性情中人，才會有充滿真情的佳詩。

最後說一句，愛情詩，往往更能自然流露詩人的真情。本偉的情詩〈可不可以〉，清新自然，情深意切。這首新詩，可為集中的壓卷之作。我喜歡古典詩詞，但不薄新詩。

（王維閣：原遼寧省檔案局研究館員。現為遼寧省詩詞學會副會長，瀋陽市詩詞學會副會長）

優雅人生著詩篇

薩仁圖婭

秉天地真純，濾心靈精華，馬背民族後裔的都本偉具有植根豐厚的傳統文化底蘊的快樂和曠達，「吟詩填詞時忘我」，「揮灑自如歡樂多」；寄真情於筆端，羅古今於掌上，一部《和風細雨集》，蘊含生活本源之感悟，人生歷程之沉思，千千情結之絮語，名山大川之詠嘆，古今名媛之吟唱……

輕靈而富有哲思，清新而富有古意，都本偉的詩詞來自心靈深處，既有綽約古典的柔情放頌，又不乏豪邁的壯志高歌，體現了一種滿腔赤子情懷所蘊含的人格力量，這就是學人風範，赤子情懷。《和風細雨集》開篇的〈母祭日感懷〉，是感事懷人之作，感念父母之詩，是其心底情愫的率真流露，閃現著人性光輝。「慈母音容，烙印兒心上」，「待到醒來情更苦，天上月，色昏黃」，濃濃的真情，深沉的溫情，讓人感嘆復感動。他的「懷念摯友」的〈焚祭〉，心香一縷，讀之令人怦然心動。更有

「草原之行」的〈故鄉情〉、〈邊關行〉、〈月下感懷〉等詩篇，緣情觸緒，自有神思韻味。尤其〈祭祖〉一詩，大氣磅礡，「始祖偉業名千古，後人承載更奮蹄」，詩情與思想交匯，意念同抒情並行，使詩句充滿思想的張力。

透過世事的紛亂與喧囂，保有日常感覺的清新，都本偉以詩文涵養其心，不躁不狂，在感世之益深與遊歷之益廣中，搖曳清漪雅雋的筆調，讓學養盎然流轉，讓情緒芬芳釋放，一往情深地行走在人生路上，以詩詞來表達自己的心理感受和文化心態。

在《和風細雨集》中，都本偉情感結構有三個層面，第一輯「感悟生活」，主要是情，親情，友情，性情，世情，以及族群的豪情；第二輯「寄情山水」，縱橫南北，有感而發，「夕陽芳草尋常物，解用全成絕妙詞」；第三輯「思古幽情」，是洞古燭今之篇，包括名媛審美，懷古幽思。其中，我尤為欣賞〈虞姬頌〉中的「陣前飲劍酬知己，報得重瞳連理心」，情境交融，聲色並茂，展示出恢宏氣度，讓人讀起來盪氣迴腸。

開卷淨土，閉門深山，以氣性對文心，讓智性對學養，在視角的切入和深入方面，體現出都本偉的精神根基，遣詞達意，彰顯深釀久醞於詩人情感、思想和靈魂深處的赤誠。詩是詩人人格的呈現，一首優秀的詩歌就是詩人獨特體驗和感悟的巧妙的表達。惠特曼說，「詩的實質不在韻律，不在格式的一致，不在對某種抽象事物的頌揚，不在淒婉的怨訴，也不在可靠的訓誡，而在這些人以及更多別人的生命中，它是在靈魂裡。」都本偉的詩就是他心靈的體驗和靈魂的歸宿，〈遣懷〉一詩：

忙裡偷閑音詩過，一生奔波半消磨。
他鄉明月他鄉雨，醉裡琴聲醉後歌。
染樂迷音總心震，吟詩填詞時忘我。
此身未老志趣在，揮灑自如歡樂多。

在這首詩中，詩人品味生命，直抒胸臆，將自已對生命本質意義的思考與發現，做了具有哲學意義和美學意義的抒發。詩思的深化與詩境的拓展，熔鑄著詩人的價值取向，與詩人的人生經歷、文化素養、性格特徵互為表裡。

宏闊的視野與樸素的表述，都本偉的詩詞多為直抒胸臆之作，或以舊體寫新意，或以新式話舊題，靈活自如，不拘一格，或是在古詞之體上尋求突破而顯出新韻，或是在新詩之形上安之泰然而凸現舊律，這就構成了其詩詞多姿多彩和靈活多變的特徵。

自然流暢，清新明確，是都本偉詩詞藝術的特徵。詩歌是語言的最高形式，同時又是最精華的精神載體。都本偉的詩詞，樸素不失凝練和張力，典雅高古轉增風神韻味，其詩詞的藝術生命因此展示著美學質地。

以詩文抒發心靈，以韻律觸動生活，給人以審美感受，期待本偉更多好作品問世！

（薩仁圖婭：作家、詩人，遼寧省民委副主任）

微風細雨寫和諧

劉章

我喜歡都本偉的《和風細雨集》，他把詩集以此命名，是「希望和風細雨式的建設，不再折騰，國泰民安……」我經常說，當代中國，乃中國歷史上空前盛世，我們應該像愛護自己的眼睛一樣愛護它，誰製造事端，誰就是民族的罪人！讚美和諧，呼喚和諧，是一個中華兒女的天地良心，鐵肩道義！《和風細雨集》分「感悟生活」、「寄情山水」、「思古幽情」三輯，是詩人眼中的魚兒出水，是詩人心頭的燕子斜飛，溫馨而祥和，有親切溫存之聲，無怒目金剛之志。

中國有句古話（也是聯語）：「萬惡淫為首，百善孝為先。」中國古代講以孝治天下，新加坡不孝不得為官，足見孝對社會和諧的重要性，此理非高人想出，乃客觀之發現。本偉君的〈母祭日感懷〉詩，一顆孝心對母親辭世「日常思，夜難忘。……昨宵夢裡又還鄉，老爹娘，正倚窗。望子歸家，涕淚一行行。待到醒來情更苦，天上月，色昏黃。」這樣魂夢縈繞的孝心，對天下兒女心是感應，是呼喚，對寧養寵物不養爹娘者則是良心的抽打！在〈焚祭〉中懷念摯友、詩人鍾禮「柳陌桃蹊尋舊影，怎遣情深意切。焚祭與，詢聲凝噎。新雨但憐催淚下……」讓我感動。記得一位很有名氣的作家說：「×××，生為我友，他死了，便不再是我友……」曾讓我驚詫！我與本偉君相似，有幾位朋友，兄在敬兄，兄去敬嫂，不忘故友。詩人愛那「五六個鳴天鵲，一二三行雁陣聲」（〈閑居〉）。詩人面對「唯有雪人沉醉」，想到的是「雙燕欲歸時節」（〈春雪〉），在盼春。面對春光短暫，「美景不常，應把春意留畫上。」在惜春……人與人和諧，人與自然和諧，「風聲徐徐，雨聲細細」（〈天籟〉）。

我喜歡《和風細雨集》，還在於它的形式，中國新詩，其成就絕不能否定，可是至今還難走進家庭的少兒教育，只有自由，沒有規矩和限制是原因之一。本偉君在〈自序〉裡說，他少讀唐詩宋詞，愛不釋手，讀毛澤東、臧克家、普希金和海涅，可謂之詩詞營養充足，我從他的作品裡，也讀出了他讀李後主、讀蘇東坡、讀陸游、讀李清照。他的作品用詞牌、絕句等形式，因感情、語句而選擇，但不標詞牌或絕句。我以為，這是詩的寫作一格。他的作品，得詩詞之韻味，如「一壺濁酒，三杯二盞，醉臥途中。」（〈謝新恩〉），他的作品，有詩詞之簡約，如「一江秋水急，兩岸猿聲啼。」（〈桑江漂流記〉）。他學詩詞，而不泥古，作品有當代性，寫的是當代詩，如「我家獨女都城，互聯網上相迎」（〈正月十五〉），還有「早上冰雪寒，傍晚夏陽暖」（〈最愛是海南〉），沒說坐飛機，人們都能讀懂，說的是坐飛機去的，李德裕在海南有詩「獨上高樓望帝京，鳥飛猶是半年程……」

作者重視用詩詞形式，講規矩，為表達感情又自立規矩，心靈自主，可貴。〈可不可以〉每節三行，基本格式一致，是這本詩集的上品，請看：「時間可以分解嗎？可以。所以我用每一秒鐘想你。//空間可以分割嗎？可以。所以我用每一處凝望想你。……你我可以分開嗎？不可以！但卻總是你在那裡，我在這裡。」

這首詩不是構思得來，不是想像得來，是朝思暮想、地久天長愛的火花迸發，經過詩的錘煉，一心弦響，萬人為之和鳴！本偉君說，《和風細雨集》是兩年心血的結晶，如此之迅，足見勤奮，又說，這是他少年的夢想，祝本偉君好夢常圓。

（劉章：著名詩人，《詩刊》、《中華詩詞》編委）

思維和情感的偉力

趙彬

我與本偉先生相識於十多年前，但真正知道他能寫詩、並能寫出一些參悟人生境界的好詩，那還是最近的事。

今年八月份，當我拿到他的《和風細雨集》後，用了不到三天的時間就從頭至尾粗讀了一遍，後來終因一些瑣事纏身，而沒有再仔細地全部精讀，但還是有選擇地細讀了一些章節，特別是讀了他今年七月份以來陸續寫的一些新作，感觸頗多，亦被深深震撼，有了想寫一點文字的想法。但由於本人終不是學文的出身，也不是什麼詩界專門人才，且長期從事政策理論研究工作，寫起來難免會有不盡如人意之處。但作為友人和詩友，權當是抒發自己的一點感慨罷了。

縱觀人類歷史可以發現，人生有兩個翅膀是可以促其騰飛的：一是思維，二是情感。本偉詩篇深深地浸透了這兩種獨特的元素與精神。

首先，本偉詩篇透視了深刻的思維偉力和思維精神。思維給人以靈智，思維給人以深情，思維是生命的導向，思維是人類走向無極的巨大力量。人類所走過的路，就是一個思維不斷創新的進程，是一個不斷探索與追求的征程，也是一個用已知求未知、永遠求不盡的宇宙方程。本偉先生學哲學出身，有著深厚的中西哲學素養，加之長期擔任多個行業和部門的領導職務，使其具有獨特的思維方式和思維精神，在他的詩作裡處處閃現著他的這種獨特的思維偉力。

如他所作的〈詠嘆成吉思汗〉原韻奉和王充閭先生：

自古英雄磨難多，天驕生死奈若何？
橫掃千軍棄屍骨，馳騁萬疆喚戰魔。
鐵蹄聲聲嘶烈馬，歐亞一統必雕戈。
強梁雖無長生命，但留英名代代歌。

詩作在原詩的歷史悲思中，一掃沉霾，獨闢蹊徑，給人以昂揚、向上之氣。

還如，寫於二〇〇九年夏末秋初的〈枯黃，又怎樣〉：

八月，
本該綠油油的大地，
今年變得枯黃。

莊稼，
本該作果豐滿，
眼前卻枝葉淨光。

天上，
掛著濃雲欲雨，
卻又飄向遠方。

臉上，
本已累得焦黃，
又添了一層憂傷。

兄弟，
別急的那樣，
希望，就在自己身上。

枯黃，
已披不上綠裝，
不如放棄，再尋別樣。

養牛吧！
它不需靠天增營養，
換個活法，怎樣？

蓋棚吧！
它不需季節賞光，
春夏秋冬都一樣。

打工吧！
別守著莊稼憂傷，
掙錢，幹啥都一樣。

資金呢？
不著急，莫慌張，
農信社來把貸款放。

別灰心！
不能被尿憋死，
人努力，天才幫忙。

枯黃，
就讓他枯黃，
但要尋找新的曙光！

作者沒被遼西大地一片枯黃所迷惑，而是為農民們指出了背後的希望。本偉先生這種在不利中看到有利，在不可能中看到可能的哲學思維，在他的很多詩作中幾乎隨處可見。由此足見，一個具有深刻哲理思維的詩人，他所貢獻給人類的不僅僅是浪漫的詩篇，更是極其珍貴的思維精神。

其次，本偉詩篇透視著深深的民族情感和歷史情感昇華起來的情感力量。情感是生命的靈魂，是哲學的本源，是人生浪漫的特質，是人類獨具的精神家園。情感力量不是從天上掉下來的。它是從民族的文化傳承、個人的道德修養、人與人的和諧，以及人與自然的和諧中得來的。本偉先生的詩作中，雖然寫到的是親情、友情、愛情、鄉情、山水情，但它所折射的卻是民族的情感、博愛的情感、道德的情感、生活的情感、藝術的情感，也就是從人本來說，已經超越了小我而走向大我的大情感。

如大家不斷枚舉和讚譽的〈焚祭〉：

難訴思懷疊，
悵今朝，瑩煙縷縷，
斷魂時節。
猶記寒窗風雨瀝，河山越。

樽酹酒，恨離別。
生前寫就千千頁。
祇如今，疊成華冊，
倩君覽閱。

柳陌桃蹊尋舊影，
怎遣情深意切。
焚寄與，詢聲凝噎。
新雨但憐催淚下，
祈蒼天，冥界有相協。
恭叩首，賦悲闋。

此等真情，透視著民族的高尚情懷和高雅品位，在人們的靈魂被物化的當今時代，尤其使人心靈震撼，感天動地。

又如原韻奉和王向峰先生〈海口蘇公祠〉：

千年難有不凋松，文苑還數蘇長公。
詩書百代流風骨，宦海十年不改衷。
身行萬里儋州遠，黎民百姓與心同。
海口幸留蘇公跡，南島今古貫文風。

此詩表明了作者深深的歷史幽情。只有走進歷史的人，他才是現實的，因為作者以自己深深的歷史情懷走進了歷史，所以他才能在其所供職的各個領導崗位上，想人民之所想，急人民之所急，拋灑一腔熱血忠誠，書寫無悔人生。

《和風細雨集》在啟迪我們：一個在思維領域裡不斷探索與追求的人，一定會是時代潮頭的領路人；一個在情感領域裡不斷開掘與昇華的人，理當是脫去俗氣的精神領袖。生命有限情無限，地球有極思無極，這就是超越時空、超越生命的宇宙真理。

讓我們祝願本偉先生在廣闊的人生舞臺上，在思維領域和情感領域的通途大衢上，去抒發更新、更美的思想流韻。正是：君心如海納眾流；希冀：遨遊萬古涵坤圜。

（趙彬：中共遼寧省委政研室研究員）

詩心獨運覓清涼

徐迎新

都本偉先生是多個領域中的佼佼者。學界才華橫溢，政界春風得意，商界如魚得水。按理說這些經歷與詩意很難相容，詩論講「詩窮而後工」。而當我們讀過詩集後，分明體會到一份從容的真實與寧靜的詩意。我想，這也許正是源於詩人坦率的性情與真誠的人生態度，使得詩人始終熱愛生命，敬畏人生，在成功之中不放縱生命，在得意之中不疏於生活，而始終保有一雙發現的眼睛，一顆真純的心靈。

《和風細雨集》可以說正是這份詩意的真實寫照。詩集尤其體現了詩人在浮躁與喧囂世界中的另類追求。詩人在本書自序〈和諧生活的另一種解讀〉中寫道：「我把這本詩集命名為『和風細雨集』，是我的性格的寫真，亦是我追求的一種境界。和風細雨是和諧生活的另一種解讀，賦予和諧以美的旋律。是一種平和的對待世界的態度，是此時無聲勝有聲的力量。」詩人奉行的是以柔克剛、以弱化強的生存哲學。多年的歷練已經洗去詩人年輕的躁動，沉澱出對生活的辯證的態度，對人生多有所悟。在詩人心中，和風細雨具有著無比強大的力量，詩人願以自己在喧囂之中的寧靜使世界獲得寧靜，以自己在浮躁之中的平和使世界獲得平和。這個平和與寧靜的世界，是詩人獨有的清涼世界，一種「和諧」世界。

詩人筆下的這個清涼世界來自兩個方面，一是抒寫「真性情」，一是秉持「平常心」。詩歌是一種側重於表達內心體驗和抒發內心情感的文學樣式，「真」與「誠」是詩歌最不可缺少的品質。詩中可以沒有深刻的哲理、奧妙的意味，卻決不能沒有情感的真實。從內心深處迸發出的真情實感是最能打動讀者的。「真性情」體現在兩個側面，即真情、真性。王充閭老師在詩集序中說：「如果說，和諧是《和風細雨集》的靈魂，哲思是其筋骨，那麼，真情便是流貫全身的血脈。」對此我深有同感。建立在生命真實體驗基礎上的真情抒寫可以說是詩集中最可稱道之處，尤其是懷念父母、懷念摯友的詞中表現得最為明顯。這裡沒有做作、沒有扭捏，有的是揮灑筆端的血淚深情。如表達對母親的思念的〈母祭日感懷〉：

生離死別足堪傷，
日常思，夜難忘。

慈母音容，
烙印兒心上。
猶記當年訣別日，
悲不禁，斷人腸。

昨宵夢裡又還鄉，
老爹娘，正倚窗。
望子歸家，
涕淚一行行。
待到醒來情更苦，
天上月，色昏黃。

思親之情躍然紙上，情感深沉、真切、自然。再如思念家人的〈節後〉和〈續節後〉，也讓人感到詩人敏感動人的詩情，「雙鵲流連鳴枝間，懶把簾卷。待把簾卷，相思淚落濕衣衫。」而「真性」，則指率直誠懇地展示內心生活。詩歌是心靈的體現，這在都本偉先生的詩中體現得更為鮮明。詩人心靈的世界是洞開的，這裡有希冀，也有惆悵，有追求，也有彷徨。在他的很多詩中，他常常袒露自己的內心世界，抒寫自己的真實感受。如〈夜雨〉中，詩人借夜裡濛濛細雨，抒發人生感懷：「半生奔功名，青雲平步升，到此程。欲想前路該何走？雨輕輕，渴望歇一程。」流露了仕途之上內心的疲乏之感和休整之渴望。再如〈登千山有悟〉：「求得功名塵與土，不如攜家到此前。」表現了詩人半生奔波的真實體驗和重新思考。「真性情」的抒寫能讓詩人毫無拘束地自由揮灑，使詩整體上自然流暢，清新脫俗，給人以情感的淨化與滌蕩。

「平常心」不是庸碌無為，在生活中這種「平常心」指向一種人生智慧。它重視日常生活中的體驗，不去故意追求什麼，顯出一種不執不固、世事洞徹的寧靜祥和之態。都本偉先生雖事業有成，卻不居上自傲，而是時時檢點，誠心對待生活中的每一瞬間，關注生活中那些被漠視的角落，一切「有情」盡入詩心。如「春分已過風細細，園草泛青，點點露春意。枯藤不知春消息，根禿枝冷無處綠。」（〈春否〉）「獨立寒坡雪上滑，踏白背日小梅花，形單一影旅孤斜。」（〈雪中情〉）春天到來和雪中的小花，這些是生活中極為平常的畫面，但詩人卻以好奇之心賦予這些生活畫面以詩意，使這些平常的事物富有靈性與生命，物我互通，渾然一體。也正是這種「平常」與「有情」，使詩人筆下的世界充滿平和安泰的氛圍。

詩集中表達了詩人「和風細雨」的詩意追求，然而這種詩意不同於豆蔻年華的青春放歌，是歷經世事風雨的人生覺悟，是心靈的深沉體悟，交織著詩人對人生的多重反思，使得詩集平添幾許滄桑，而終能洗去鉛華見真純。這體現在詩人內心中幾種潛在的反思意識上。

一是光陰意識。詩集是詩人人過中年的人生感悟的結晶，其寫作的總體姿態是「回望式」。詩集中隨處可見這樣一些詞語，像「而今」、「去年」、「今年」、「又是一年」、「年年」、「記得」、「歲月」、「當時」、「人生瞬過」等等，這些詞點染著詩人的一種今昔之感，強化著詩人對時光的體驗。如〈夜雨〉、〈花逝〉等等，詩人半生辛苦，回望來路，感慨萬千。正是這種光陰意識強化了詩人的情感體驗，世間萬物的變化無不觸動著詩人敏感而多情的內心世界。像「又是一年明月滿，形單影孤秋寂寂。花草漸衰西風落，不知來年發幾枝？」（〈中秋有感〉）自然的月圓月缺，草木枯榮的變化與生命的流逝在詩人的心中形成內在的同構與感應，使自然事物打上了重重的情感烙印。這種光陰意識使詩集增加了厚重的時間意蘊，餘味醇厚。

二是家園意識。詩人是歸依感很強的人，有強烈的家園感。家園意識在詩集中首先以家族意識體現出來。它們不僅體現在思念父母的詩作中，也表現在反映詩人對故土、家人、族人的感情的詩作中。詩集中不僅有數首懷念父母的詩，而且有兩篇長文，回憶父母的點點滴滴，流露出對父母深深的依戀。這種依戀不僅是感情上，更是精神上的。詩人深深體會到父母的人格精神是自己人生經歷中最為寶貴的財富，父母以家族力量的方式代表著一種正向的價值取向和行為指向。〈祭祖〉、〈族聚頌〉是對祖先馳騁萬里的開創精神的直接歌頌，它成為詩人氣質中昂揚不息、自強自立精神的力量源泉。這種家族意識使詩人有了濃濃的「根」的情結，並進一步昇華為靈魂深處的家園感，體現詩人對心靈歸依的深深渴望。如〈南北吟〉、〈夜巡〉、〈冬夜情〉等，既可看作思家的心曲，實際上也是詩人靈魂的低語。

三是和美意識。在詩人的身體中雖然流淌著祖先勇武的血脈，有著一種豪邁氣概，詩集的總的審美傾向卻是和美。詩集體現的整體力量圖式是「內斂」的，其總體風格傾向是「柔美」，表現出詩人對圓滿、和順、相融、互愛的和諧世界的嚮往。因此，詩人情感平和，詩集中的詩作不張揚，無戾氣，體現出詩人希望通過詩歌的美來傳達萬物和諧、和睦共生的生存理想和精神境界。在談到詩集中「思古幽情」部分的創作時，詩人集中表達了這種嚮往：「我主要選取了歷史上的傾國傾城之美、曠世絕代之才的詩情追憶，營造一種『柔美』的氛圍。同時，用詩的語言表明對歷史上這種柔美的破滅、流失的感傷和懷念，引導人們去審視、去感受、去想像這些歷史人物，悠然而發懷古之情思，從而與少量的歌頌英雄豪傑的詩作形成『反差』，表明對『刀光劍影』歷史的不忍和對和平生活的渴望。」（〈《和風細雨集》創作感言〉）歷經世事，詩人深刻地領悟了人生的道理，從而凝鑄昇華出「和美」的藝術理想和審美取向，使得詩集具有一種祥和寧靜的特殊韻味。

四是樂生意識。詩人對日常生活充滿喜愛與眷戀，對生命和生活充滿愛戀和感激，這使詩人能以真誠和感恩的心對待生活。〈園中閑〉、〈園中情〉、〈詠春〉系列等都有細緻的表現。像「鄰居弄土，值春種菜，又架竹竿與藤排。都說人間四月好，好在植園樂開懷。」（〈植園一〉）「湖岸柳綠，果園樹栽，小徑清幽花兩排。此時春風又送爽，物我無不笑顏開。」（〈春到〉）居家之樂躍然眼前。物我相生，和諧共榮，也許這正是詩人對「和風細雨」的最直觀的詮釋。

（徐迎新：文學博士，遼寧大學文學院副教授）

月夜之夢與晨陽之思

都本偉《和風細雨集》的審美意蘊

吳玉傑

除了和風細雨之外，月、夜、夢，日、晨、思是都本偉《和風細雨集》著力表現的審美物件，他總是寫月夜之夢與晨陽之思，有時甚至把夜和晨、月和日連在一起。一方面，構成了獨特的審美意象創造，另一方面則顯示了作者鮮明的時間意識。他的生活感悟、自然感懷、思古幽情不僅在細膩的情感中融合著積極的現世情懷，而且還透露出他對藝術人生的執著追求，成為寂寞、淒清的孤寂心靈特有的內在補償。

一

夜和晨對於整日忙於公務的都本偉來說，是真正屬於自己的時間。告別了一天的繁忙與煩擾，在夜深人靜的月色中沉入自己的夢鄉，〈夢春〉、〈春夢〉、〈正月十五〉、〈詠夜〉、〈夜語〉、〈夜巡〉、〈夜醒〉、〈午夜思〉、〈冬夜情〉、〈昨夜夢〉、〈夢〉、〈夜雨〉、〈西湖夜色〉等是直接觀照夜和夢的詩詞。

明月高懸，
冷淡清光在天上。
與誰共賞？
千里話淒涼。

群星滿天，
正可入夢鄉。
空惆悵。
簾卷遮窗。
忍把夜色來擋。

——〈詠夜〉

可以看出，在月夜裡他是一個喜歡入夢的人。

月夜之夢凝結著中國文人的濃濃情思，都本偉把「月夜」化成審美的載體，在夢境中追尋詩意的人生。他是一個地地道道的尋夢者，人生的每一個驛站，一年的四季，他都有夢，無論是成夢還是不成夢，無論是圓夢還是空夢，無論是好夢還是殘夢，無論是入夢、追夢、盼夢、尋夢、留夢，還是夢醒、夢斷、夢回，總之，他喜歡夢。夢，成為他生活中不可分割的一部分。

他回首昨夜之夢，「昨夜細雨伴我春之夢」；渴盼今夜之夢，「但願今晚夢一宿」，「夢裡回故鄉」；「尋夢到天邊」，「但憑魂夢在太湖」；然而「天漸遠，夢無期」，「人間別久不成夢」。他的夢和魯迅〈野草〉中的夢一樣多，而他比魯迅多些「好的故事」，沒有魯迅那麼多的噩夢；他有徐志摩〈再別康橋〉中「尋夢」的執著，但沒有像徐志摩一樣「滿載一船星輝」，而是像〈靜夜思〉中的李白和〈月夜〉中的杜甫一樣滿載著鄉愁和情愁；他有張若虛〈春江花月夜〉中「昨夜閑潭夢落花，可憐春半不還家」的慨嘆，當然更有朱自清〈荷塘月色〉的「頗不寧靜」中的煩悶與孤獨。

作者之所以對夢有這麼多的渴盼，一是「雙親夢斷紅山東」，成了作者永遠無法揮去的創痛，「昨宵夢裡又還鄉」就成了夢的主旋律，其擁有和香妃、王昭君、蔡文姬、李清照一樣的情感同構，是一種情感宣洩與心靈補償；二是團圓之夢（親情之夢、愛情之夢）誘惑著他，「昨宵夜夢好」，「今朝喜事生」，「夢一宿」，「再度良辰美景」；三是他希望在友情中享受人生，然而生活中有相聚就有分離，所以告別朋友的夜晚，他渴望在夢鄉中重溫舊夢，而「夜不寐」、不成夢的苦惱總是纏繞著他，不成夢和渴盼入夢似乎成了一個關於「夢」的矛盾迴圈；四是自然是他詩意的夢幻棲居之地，自然常常是夢的開啟，也是夢的停留，他願意睡在自然的夢裡。親情之夢、愛情之夢、友情之夢以及自然之夢，這些夢建構了他的夢幻世界。

月夜之夢，是都本偉感性化的自我表現。然而，都本偉並不是一個一直規避現實、沉湎夢幻的人。他總是會從夢幻中醒來，理性地面對世界。「昨夜」是夢的世界，昨夜是他敘述與抒情的對象，即他的審美對象；而他開始敘述的時間是今日，所以，當夢成為過去式，而不是現在進行時，夢就不僅成為他的審美對象，也成為在審美距離中觀照與反思的對象。雖然他也渴望將來式的今夜之夢，但他時刻不忘追問自己：「明朝夢醒去何處？」因此，他的夢，是清醒之夢，是反思之夢。在自己的夢完成了情感宣洩和心理補償之後，都本偉更注重的是夢醒之後，晨陽之思由此形成了他詩集的另外一種審美意蘊。

二

《和風細雨集》中的〈晨曲〉、〈晨觀〉、〈晨遇〉等是關於晨陽之思的集中表現。晨，是開始，是冷靜的思考與執著的尋找。晨陽之暖，是都本偉寂寞心靈的渴望，也是他詩意的審美理想。

對於渴望在夢中停留、然而又深深懂得不能生活在夢中的都本偉來說，每一個清晨是對自己過去的告別，是一個嶄新的開始，是一個在陽光中不斷追求才能實現和諧人生的希望所在。思考與尋找，就成了都本偉超越夢想的現實行動。

晨陽之思，一是在晨陽中思考光陰的故事。

晨風起落青草茵，曙光初映繁花錦。
中秋已過天漸冷，尤惜歲月難捨今。

——〈中秋有感一〉

作者從自然之季過度到人生之季，感嘆歲月，不捨今日之流逝；二是在晨陽中思考人世間的變化無常。作者從「枯藤掛枝冷，寒雀鳴園靜」，「後院有亭無常客」中聯想到「時事無恆定，天氣有陰晴。」（〈晨觀〉）這是作者在自然感悟中思考，又何嘗不是對夢中故事的一個清醒的自我告慰？

晨陽之思是都本偉理性化的自我顯現，思考之後的尋找是這種理性的進一步具體化。晨陽之春與晨陽之暖是他尋找的對象。「尋春之心耐不住」是都本偉的第一首〈晨曲〉。

晨起輕衣去散步，
春光灑滿路。
桃園花初茂，
風拂細柳，
綠蔭悄悄住。

梨杏依稀香暗透，
正欲拈花嗅。
忽聞人語聲，
無約尋春，
有客緊隨後。

——〈晨遇〉

春意悄悄，暗香潛湧，無約尋春，然而卻晨遇尋春之客。一句「正欲拈花嗅」不僅道出作者不滿足於尋春，而是渴望探春的有意識，也道出作者已融入春意的忘我的無意識，若不是忽聞人語，他已融入春天。實際上，他正是春天的一部分，是緊隨其後的遊客眼中的風景了。晨遇，是和尋春人的相遇，是和春天的相遇。尋春之後，作者從弄春，「庭前晨陽照園暖，持鍬弄土種蔬菜」（〈春到〉）、戀春「何日復再現春光暖」（〈園中情〉）到再次盼春「待到春暖花開日，枯獨一掃淨」（〈晨觀〉）等多角度書寫自己對晨陽之春的愛戀與渴盼。

晨陽是都本偉思考與尋找的情境，也是他尋找與追求的對象。「曙光初上」（〈園中閑〉），「晨陽送暖」（〈園中情〉），作者渴望晨陽之暖，一是反映自己內心世界的孤獨與寂寞：「寂寞孤人影」（〈晨觀〉）；二是表明他試圖建構自己的審美理想：「庭前陽光暖，藤蔓掛南柵。啼鳥樹頭落，花枝陪笑臉。孤翁藤下坐，清茶沁心間。樂音繞耳旁，詩韻著成篇。」（〈園中閑〉）雖是孤翁，然而有啼鳥、花枝、清茶、樂音和詩韻相伴，這縱然是孤獨人生，也是詩意人生，更不失為美妙人生。

三

晨陽之思中的都本偉是一個積極的、理性的自我。當他把夜之夢和晨之思連在一起的時候，這種心態就體現得更加明顯。這時的都本偉喜歡採用「昨夜」與「今晨」、「夜歸」與「晨起」、「傍晚」與「早上」以及「兒時」與「而今」等對比敘述，這不僅完成了時間的轉換，而且完成了空間和情感角色的轉換，也就是從感性的自我到理性的思考的自我再到感性的自我。

忙於公務、奔波仕途的都本偉比一般的作者多些豐富複雜的人生體驗，「昨夜」有「春之夢」，「早起捲簾窺究竟？」作者的情感經歷從昨夜的夢到早起的思考，「欲想前路該何走？」然後是自我真實情感的自然流露，「渴望歇一程」。這也是許多仕途人的共同心聲。在《和風細雨集》中，都本偉並沒有糾纏於這種「探路」之苦，也許月夜之夢可以折射出他對另一種生活的熱望。唯一一篇蜻蜓點水式的情感流露戛然而止，另一個思考的、理性的也更加陽光的都本偉向讀者走來。

請看〈春夢〉：

昨夜幻曲睡中聽，

今晨醒來醉未醒。
夢春春來幾時迎？
隔窗櫺，
窺外景，
樹在眠中院空靜。

簷檐雙鵲相向鳴，
日破雲霞初現影。
園中草色已露青。
風輕輕，
鳥嚶嚶，
今日春光映滿庭。

追夢春天的都本偉在清晨醒來，思考著何時迎接春天。一句「夢春春來幾時迎」的追問道出的是一種模糊的情感，具有一種模糊之美：似乎是不知春天何時來到，也不知何時迎接春天，然而在後面的敘述中可以看出作者正是在不知「幾時迎」的困惑中迎春與賞春。迎春與賞春，在不知不覺中同時完成，可以說是一種「無為之為」。正是這種「無為之為」，使他與春天融為一體，「昨夜幻曲睡中聽」變成「今日春光映滿庭」，圓了春夢。這時的都本偉從一個理性的自我又回到感性的自我，但他不是沉醉在昨日月夜的夢幻中，而是徜徉在今日的陽光中。如果文本止於理性，可能理性有餘而感性不足，就失去了審美的魅力。

時空和情感的轉換不僅拓展了文本的敘述空間，而且豐富了主體的情感世界，尤其是增加了文本的審美表現力，也能夠使讀者和作者一起走出月夜、走進陽光，走出夢幻、面對現實。

四

月夜之夢，濃縮著都本偉的藝術人生；晨陽之思，飽含著都本偉在現實人生中的審美理想。成夢的夜晚，有夢相伴；然而，不成夢的夜晚，有「飲文齋」（作者的書房名）中的書、音樂和詞相伴，它們成為他的朋友，成為他告別孤獨的「秘密武器」，從而使他跌入藝術之夢。所以，夜晚是屬於他的，飲文齋是他的精神家園；清晨，也是屬於他的，他在庭前的「園中情」中感受四季，在「園中閑」時思考人生。

「園」，是他的現實家園，是物件化的審美家園，也是他的精神家園。飲文齋和園，是他情感的棲居之地，是藝術人生和現實人生的融合。

和風細雨能夠沖淡都本偉心中的孤獨與寂寞；當然，也許正因為內心深處的孤獨與寂寞成就了現在的《和風細雨集》。孤獨寂寞，並不消極，而是一種高貴的情感，許多大文學家和大哲學家都是寂寞的孤獨者。當然，都本偉並不自賞孤獨，他更善於擺脫孤獨，嚮往與追求雙鵲相鳴、雙燕相歸、佳侶相依相偎的幸福（〈避雨〉），享受「等你，在雪中」、「寂寥的心情不再」的歡愉。我們和都本偉一同走出夜之夢的孤獨、走向晨之陽的溫暖，獲得豐富而飽滿的人生。

月夜之夢，我們看到的是一個感性的都本偉；晨陽之思，我們看到的是一個理性的都本偉。現實的狂風暴雨使都本偉更喜歡自然的和風細雨，他以《和風細雨集》作為自己詩集名字，可以看出他對和風細雨的偏愛。和風細雨不僅僅是都本偉觀照的對象，和諧更是他追求的風格和審美的理想。他的關注點是月夜之夢的藝術人生和晨陽之思的現實人生，這是否也意味著作者試圖獲得藝術人生和現實人生的和諧呢？

（吳玉傑：文學博士，遼寧大學中文系主任、教授）

古韻新香寄情思

許寧

喜聞都本偉先生《和風細雨集》出版，驚嘆之餘，敬佩之情油然而生。因為其作為官員，無論從事教育、政府管理還是金融實業，他所涉業的繁累都讓人感到抽暇為文、寄情山水、守護詩情的困難。偶成詩文已非易事，還要常寫心聲，感物吟志，並結集出版終非常人所為。都本偉先生以其超拔的智慧與勤奮，敏銳的哲思與激情，在不斷收穫事業的同時，也收穫著自己的心靈詩篇。這使得《和風細雨集》無論文本之內，還是文外之意都有了可以言說之處，顯現出作者對現代趨利低俗社會生活現象的離心和對自然天地之大美的向心，彰顯出一種「現代對傳統的依戀，城市對鄉土的回望，浮澡對沉浸的想往」，給讀者帶來更多元的思想啟迪和人生思考。

首先從都本偉先生的創作過程來看，他的詩詞創作是緣於心性的自覺追求。全無應景之累，更無受命之託，當然也無為「稻粱謀」的功利需要，「是少兒時的一個夢想」，可以說是完全出於自己「詩魂不散」的情感訴求。寫得自在從容，透著淡定自適的明澈氣息。他的詩作，都出自繁忙的工作之餘。如他所說：「在出差的空中飛機上，在高速公路的汽車裡，在旅店中，在結束了一天的工作回家的夜晚，在晨曦撒播的早晨，都是我吟詩賦詞的最佳時段。」這使其創作成為一種自發自覺的行為，如陸機在〈文賦〉中所說：「悲落葉於勁秋，喜柔條於芳春。」如劉勰所言：「情以物遷，辭以情發。」這也就是古典文論所講的感物說，即詩人、作家受外物刺激而激起創作欲望，當然這「外物」並不僅僅限於自然景物，社會生活中的諸種事件也同樣可以成為激起創作欲望的契機。這一點在都本偉先生的詩詞創作中也有體現。他寫自己「對真善美的執著追求，對親情愛情友情的真切感悟，對悠久歷史文化的別樣探尋。」他詩詞中象以情生，情理融匯自然，並與他本人的形象個性融為一體，形成自己獨特的詩詞風格。

從《和風細雨集》的內容上來講，都本偉先生的詩詞作品題材廣泛，內容豐富。從其選擇入詩的材料看，他以自己獨特的審美眼光進行取境、選象，其中既有對友情親情的熱愛和吟詠，對傳統文化的繼承與發揚，又有對社會人生的哲思與闡釋。詩作盡顯人情之美、自然之美和情趣之美。

在中國古典詩詞中，歌頌人情美，宣導向美的人之關係，一直是古代詩人的常吟主題。王勃的〈杜少府之任蜀州〉，發出了「海內存知己，天涯若比鄰」這一歌頌友情的千古絕唱；王維的「獨在異鄉為異客，每逢佳節倍思親」成了人們佳節思親的常念詩句；李白的「舉頭望明月，低頭思故鄉」，「桃花潭水深千尺，不及汪倫送我情」更讓人領略到親情友情的真摯和可貴。賈平凹說過：「中國文學最動人的是有人情之美，在當下這個人性充分顯示的年代，去敘寫人與人的溫暖，去敘寫人心柔軟的部分，應是我們文學的基本。」可以說都本偉先生在《和風細雨集》中繼承了這一傳統，又續寫了這一「文學的基本」，突出表述對人情之美的追求。詩詞中崇善、尚友、尊長、盡孝等人性美的內容都有體現，其意蘊之美在全書中佔據主要地位，也是最令讀者感動的部分。其中溢滿對親情的追憶，友情的珍視，以及對愛情的守護。如〈焚祭〉：

難訴思懷疊，
悵今朝，瑩煙縷縷，
斷魂時節。
猶記寒窗風雨瀝，河山越。
樽酹酒，恨離別。

生前寫就千千頁。
祇如今，疊成華冊，
倩君覽閱。

柳陌桃蹊尋舊影，
怎遣情深意切。
焚寄與，詢聲凝噎。
新雨但憐催淚下，
祈蒼天，冥界有相協。
恭叩首，賦悲闋。

此首情真意切的懷人佳作，是都本偉為自己中學同窗鍾禮先生而作的。吟詠的情境是在詩人英年早逝之後，都本偉先生為彌補同窗生前遺憾，為其整理並出資出版詩集，並在詩人兩周年祭日之際，墳前焚稿，吟詞紀念。如此的情真意切、尊情重義之舉在當下欲望消費的年代，顯得彌足珍貴。他用自己的行動向人們彰顯出世間友情的動人與美好。同樣寫得感人淚下的還有〈母祭日感懷〉、〈母親節感懷〉、〈清明祭〉等。

《和風細雨集》中對自然之美的詠嘆佳作也很多。他把自然之美的千姿百態，攝入心扉，盛讚春花之絢爛，靜賞秋月之清朗，驚嘆大海之廣闊，細聽溪水之潺潺。體現了作者對現代世道澆漓生活的離叛，對自然天地之大美的嚮往，對家園的迷戀，以及對鄉土的回歸。這時詩人眼中的自然已變為人化的自然，詩人對其進行審美觀照，化物為意，化情為境，移情於物象，對自然灌注自己個性的生命體驗，自然之美已成為他本質力量的對象化之物。孔子曾言：「知者樂水，仁者樂山；知者動，仁者靜，知者樂，仁者壽。」詩人在山水觀照中，使自然中的一切存在都變成自身情緒的對象物，顯現出自身的審美追求和生命體驗，並確證自身的存在特點。如〈園中情〉、「詠春情思」、「寄情山水」中的詩章都顯示出這一特色。如〈詠梅〉：

雪臥枝身重，
梅開點點紅。
不與群芳爭奇豔，
獨吟春之聲。

寒來香不損，
月下色愈濃。
世間唯此一芳華，
笑傲在暮冬。

這時詩人眼中的梅花之品德與詩人心緒情致有著直接的關係，詩人以情觀物，移情入物，梅花的「獨吟」與「笑傲」也是詩人自身品格的展現和抒發，「寒來香不損，月下色愈濃。」更是詩人積極人生態度的詩意表達。

《和風細雨集》還顯現出一種情趣之美。近代學者梁啟超曾說「文學的本質和作用最主要的是趣味。」可見趣味美是直接關係到詩詞創作的重要因素。情趣是詩人主觀情思、意趣的自然流露，是詩人將自己真切的生命體驗、情感、意趣貫注於創作物件的結果。它由兩個相互依存的要素構成，一是作為主體觀照的客觀物象，一是主體的審美情感和意趣。當兩個要素交融匯合，產生「物我同一的境界」，並物化為美的形象時，便形成作品的情趣。都本偉先生的詩詞創作中，他不以概括時代人生的重大主題見長，而是以恬淡平和的心境向人們展示自己從生命體驗中獲得的情致，表現出從容灑脫、淡泊曠達的神韻。其詩所表達的情趣有真誠、素樸之美，無矯情造作之感，有種淡定而深情的優雅。莊子說：「樸素而天下莫能與之爭美」，可見樸素在老莊看來是美的最高境界。都本偉先生用恬淡的目光看待自己和周圍的環境，以平和的心境品味人生，顯現出淡泊、灑脫的神韻，給人一種素樸之美的審美享受。

義江水到蓮花島，圍堰攔出苔蘚草。
微風山出百柳綠，水漫河灘魚蹤杳。
野鴨戲水呈歡態，村姑采蔬含嬌巧。
遠客沉醉不忍歸，提鞋堰上打赤腳。

——〈蓮花島遊記〉

此詩的靈動與閑趣可謂寄情山水中的妙作。「蓮花島」上的「苔蘚草」、「百柳綠」、「魚蹤杳」所構築的世外桃源，讓詩人「提鞋堰上打赤腳」，「沉醉不忍歸」。一種心歸自然，沉醉不知歸路的心靈閑嬉圖，帶給讀者審美的愉悅。〈春雪〉、〈盼燕〉、〈晨遇〉、〈節後〉、〈夜雨〉等都是具有情趣之美的詩章。

我們知道中國舊體詩是經過幾千年的鍛造才得以形成的，有著嚴格的程式化要求和形式上的約束。講究平仄、押韻，講究起承轉合，必須言之有物，必須意境突出等。雖然有如此之多的束縛，但要掌握舊體詩的模式與規程的也並非難事，所以有評論家稱，說今天寫舊體詩的人比寫新體詩的人多，但精品不多。問題是詩體中要有理、事、情，詩藝上要有精、妙、創，這就難了。在都本偉先生的詩作中，我們看到了一些有古體之韻，又有今律之風的詩篇，不能不說這是今日詩壇的好事。當然，如果詩人能在材料的選取上，語言的推敲及意境的營造上，有更高的提升，那將是更加可喜可賀的事了。

加繆說過：「文學不能使我們活得更好，但文學使我們活得更多。」《和風細雨集》讓我們看到都本偉先生實業之外的多元生活，也見識了他多側面的豐富人生。

（許寧：文學碩士，遼寧社會科學院文學所研究員）

詩人情懷

劉萱

都本偉在讀大學和研究生的時候，學習和研究的是哲學，在讀研期間，他擔任研究生會主席並創辦了《遼寧大學研究生學報》。走上工作崗位後，他政績有聲，從政之餘，撰寫和翻譯了多部學術著作和學術論文。作為他研究生時代同學的我並不知道他還寫得一手好詩，直到幾天前，拿到了都本偉的詩集《和風細雨集》。

那是今年炎熱過後的第一個涼爽的下午，風吹進我的光亮的書房，我一邊享受著這份炎熱過後的清涼，一邊沐浴在這本詩集所帶來的「和風細雨」中。從序開始，一字不漏地仔細閱讀，我被他的詩深深地吸引著，體味著字裡行間透露出的詩人情懷。

《和風細雨集》共分三輯，收入他所創作的一百餘首古體詩和今體詩，按題材劃分，分為「感悟生活」、「寄情山水」和「思古幽情」。三輯內容不同，透射出詩人的親友情、山水情和思古情。

深深親友情

親情和友情一直都被奉為人類的至上之情。親情、友情是每個人心中最溫柔的角落，因為那裡有愛，洋溢著溫暖和樸素的情感。很多詩人都試圖抒寫親情、友情，但是能將親情、友情寫得感人至深，十分不易。都本偉勤奮努力，憑藉著深厚的學養，把豐富的人生體驗和感人至深的親情、友情注諸筆端。《和風細雨集》中的第一輯「感悟生活」中有幾首是詩人懷念父母和朋友的。這些詩全部基於詩人的真實情感，而且有一個共同之處，就是直抒胸臆。〈母祭日感懷〉情真意切，「生離死別足堪傷，日常思，夜難忘。……猶記當年訣別日，悲不禁，斷人腸。」父母已經故去，只好在夢中相見，可是「待到醒來情更苦，天上月，色昏黃。」這首詩從現實，轉向夢境，又回到現實，對父母思念的情感至真至切。〈母親節感懷〉和〈清明祭〉也是表現詩人失去親人的愁苦意緒。〈焚祭〉是詩人對好友真切情思的表達，都本偉的一位詩人朋友因突發心臟病亡故，為了彌補朋友的終身遺憾，他出資為朋友出版了詩集，「生前寫就千千頁。祇如今，壘成華冊，倩君覽閱。」詩人如此重親情、友情，讓人佩服。

詩人的真情，在我看來，源自他的「童心」。明朝思想家李贄說：「夫童心者，絕假純真，最初一念之本心也。」「童心者，真心也。」「感悟生活」中一組詠春的詩作最能彰顯詩人的赤子之心，〈春雪〉、〈春園〉、〈春分〉、〈春否〉、〈夢春〉、〈盼春〉等詩作是詩人對春的吟誦，沒有任何虛假成分，最真實、最素樸，卻別有意境。〈春雪〉寫詩人沉浸在堆雪人的快樂之中，充滿了童真，加上喜鵲、燕子等意象，構成了一幅活生生的早春畫面。在〈春園〉裡，「細草點點露出」，〈春分〉時，「千里風鵬正舉，雲聚雨橫斜」，春天到來，春風送爽，「物我無不笑顏開」，詩人給我們織就了一幅幅春的圖畫，營造了一份清新、堅實、物我相融的意境。德國思想家凱西爾在〈神話思維〉中談到物我融合的狀態時，有下面的論述，與李贄的「童心說」頗有相似之處：「它導致了一個全新的人之形象，……靈魂衝破肉體和個體的束縛，與普遍生命再次融合，終於複歸於生命始源。」「生命始源」就是「童心」，而且只有秉持童心，創作主體才能創作出感人至深的作品。都本偉以一片赤子之心在他的詩裡書寫真情，至真至純。

濃濃山水情

天人合一是一種精神境界，而寄情山水則是它的具體構成。都本偉以山水為對象，以山水為自我，憑山水而暢情達志，將山水視為生命存在的外在延伸。《和風細雨集》第二輯「寄情山水」多是詩人全身心地投入自然，與自然融為一體的詩作。詩人去杭州，下海南，游桂林，……將自己置於自然之中，去體味自然的美。

千峰競秀日升輝，一街燈火夜不寐。
陽朔風情千萬種，遊人沉醉不忍歸。

——〈陽朔風情一〉

兩峰夾一溝，清泉石上流。
空山新雨後，落葉已知秋，
曉將沿溪去，探流源在否？
谷深林且密，唯有瀑聲留。

——〈山溪尋源記〉

滿山金色從天降，七星環月稻為浪。
欲攬龍脊需極頂，一坡更比一坡黃。

——〈龍脊稻浪〉

都本偉寄情山水，傾注於人與自然的水乳交融，將山水視為真美善的精神象徵。

盧梭在〈一個孤獨的漫步者的遐想〉裡說過：「觀察者的心靈越是敏感，在與自然的壯麗偉大和諧交融時，就會有越強烈的狂喜油然而生。在這樣的時刻，他的感知就會被一種深深的和快樂的出神所籠罩，在一種極樂的自我消解狀態裡失去自我，沉溺於美的秩序的廣闊空間裡，並在其中感受到他與自然美渾然一體了。所有個人的目的全都離他遁去，他看到和感到的不再是具體的事物而是萬物的整體。」「草原之行」中的〈故鄉情二〉雖短，卻是詩人與自然完全融合的表達：

血脈與水相連，
骨骼與山相接。
容顏與天相映，
靈魂與雲相攜。

詩人將天地山水視為有生命、有靈性的存在，看作是主體的有機延伸。這首詩大氣磅礴，創作主體真正做到與自然的完全交融，如果詩人不是忘掉了狹隘的個體，就不可能真正地與自然相融，也不可能有如此美妙的生命體驗。

人與自然的融合的境界不僅是創作主體的極樂的境界，也是詩歌創作的至境。都本偉的〈蓮花島遊記〉、〈西湖晨昏〉、〈靈隱寺聞香〉、〈灕江之媚〉等詩作都是他感受自然之美，達到了忘我境界的佳作。山水之美、山水之情成為都本偉心靈的寄託和生命意義的折射，他的希冀在山水柔情之中獲得詩意的滿足。

幽幽思古情

我們注意到在詩集第三輯「思古幽情」中，詩人用了很大篇幅去讚美女性，比如西施、貂蟬、王昭君、李清照、蔡文姬、卓文君等中國古代才女和美女。他對這些美女和才女進行再創造，把她們刻畫得更加豐滿，讓我們看到了詩人的性別意識。

筆者認為都本偉的性別意識在很大程度上與他的母親有關。都本偉的母親是一位仁慈善良、通情達理的知識女性，在他的成長過程中，母親起到了至關重要的作用。他的散文〈大愛長存去後思〉是懷念他母親的，論及到他本人的成長，都本偉說：「那都應歸功於從兒時起母親的無私關懷和言傳身教。她讓我懂得了什麼是愛？如何做人？怎樣讀書？怎樣處理各種人際關係」。母親的正直堅強影響著他，使他在教育、金融等領域取得了不俗的業績，母親的美在他的心目中甚至已經成為一種神聖和崇拜，「我不敢誇我自己如何，但我不能不稱讚母親，因為母親確實是一位既平凡又偉大的女性。她的音容笑貌，就像四月的春風，和煦溫暖；她的思想觀念，就像十月的群山，深邃厚重；她的人格品性，就像臘月的梅花，冰清玉潔。我的母親很完美。」母親的思想觀念成為他心靈世界的守望，母親的人格品行成為他最高的價值依託。

母親的美開啟了都本偉的神思，在以女性為題材的詩作中，詩人從審美視角出發，沒有過多地關注佳人的容貌或醜或美，而是從精神層面去詮釋女性、去讚美她們的生命價值。比如詩人讚美王昭君：「朔漠數十載，靖和天下安。」讚美李清照：「詞吟平常家事，句句動人腸。喚起孤雁常鳴，拂拭兩宋文字，更與日爭光。」我們可以作出這樣的判斷：詩人關注女性，但在他的性別意識中並沒有大男子主義；詩人讚美女性，但在他的詩歌裡並沒有男性視角的居高臨下，有的是他對女性發自內心的敬慕。其實都本偉的詩對性別的關注遠遠超越了性別文化的局限，是非常好的嘗試。

都本偉對於詩歌的守望，帶有一種積極的人生態度，那就是他不斷地挑戰自我和超越自我。從前我們知道的都本偉是一個沉靜練達的官員和睿智博雅的學者，現在從他真情洋溢的《和風細雨集》裡，我們又認識了一位至真至誠的詩人。

（劉萱：文學博士，遼寧大學外語學院教授）

論《和風細雨集》的蒙古族情結

閻麗傑

乍一看都本偉的詩詞集《和風細雨集》，給人感覺好像有些不協調，魁梧身材的都本偉竟然給自己的詩集起了個略顯文弱的名字，其實，這正是蒙古族情結的一種深層體現。在詩人的詩詞中，總有一種蒙古民族文化的自覺意識在裡面，我們總能看到或隱或顯，或明或暗的蒙古族情結。

情結是榮格心理學中的一個術語。「個人無意識有一個重要而又有趣的特徵，那就是，一組一組的心理內容可以聚集在一起，形成一簇心理叢，榮格稱之為『情結』。」（霍爾等著，馮川譯，《榮格心理學入門》，生活・讀書・新知三聯書店出版，一九八七年五月，第三十五頁）榮格認為情結就像完整人格中的一個個彼此分離的小人格一樣，是自主的，有自己的驅力，可以強有力地控制人的思想和行為。蒙古族情結成為詩人創作動力的源泉。

傳統的團圓文化

蒙古族文學歷來珍重家室團圓之樂。以血緣和婚姻關係為基礎的家庭團圓之樂成為蒙古族文化的重要組成部分。傳統的蒙古族文學往往以家庭大團圓、安居樂業為結局，如蒙古族史詩〈江格爾〉、〈格斯爾汗傳〉、〈英雄錫林嘎拉珠〉、〈杜喜巴拉圖英雄〉、〈阿斯爾查幹海青〉、〈阿拉坦嘎拉布〉、〈勇士谷諾幹〉、〈智勇的王子希熱圖〉等作品都是大團圓結局。在傳統的蒙古族文化中，之所以形成特別珍視家室團圓之樂是因為傳統的蒙古族征戰頻繁，蒙古族人被迫遠離家鄉，常年在外地奔波征戰，因此，他們特別渴望家室的團圓。因此，渴望家室的團圓成為蒙古族文學作品的主要表現內容。因此，一旦失去了親人，家室難以團圓，蒙古族人就會表現出刻骨的追思和懷念。「蒙古包的圓形形狀、圓形結構，畜牧業和狩獵業上的草庫倫及庫列延狩獵方式，有力地證明了蒙古人的『團圓文化』的特徵」。（巴．蘇和著，《解讀：蒙古文學發展史》，遠方出版社，二〇〇五年十一月，第二十八頁）蒙古族跳舞都要跳圓舞，如果由右向左跳和不圍成一個圓圈，會被認為是一種不祥的象徵。

《和風細雨集》第一輯「感悟生活」的第一、第二、第三部分是書中最重要的部分，這三部分都表現了對親人的懷念，對家室團圓的渴望。在懷念父母中，〈母祭日感懷〉、〈母親節感懷〉、〈清明祭（一）〉、〈清明祭（二）〉等都表現了傳統的蒙古族珍視親情，渴望與親人團圓的真摯情感。蒙古族人對父親、母親的愛已經融入骨子裡了，銘記父母的養育之恩，讚頌父母成為蒙古族人文學創作的一個顯著特徵，都本偉的詩集也表現了作為一個蒙古族人對父母的刻骨銘心的愛。在〈英金河的訴說〉中，作者寫道：「惟有父母地下的呼喚，強烈地撕扯著你。還有眾多的親朋好友，讓你難捨難離！」這首詩表現了強烈的傳統蒙古族的團圓文化意識。

蒙古族的團圓文化包括對祖先的崇拜之情。蒙古族的歷史典籍有大量的有關祖先崇拜和自然崇拜的記載。詩人對祖先同樣充滿了崇拜之情。他在〈祭祖〉中頌揚了祖先——元朝的蒙古草原首領都達魯花赤。「踏漠千秋如卷席，馳疆萬里馬蹄急。無邊大海翻作浪，挺立潮頭誰敢欺？」（都本偉著，《和風細雨集》，作家出版社，二○○九年六月，第九頁）這首詩充滿了為祖先自豪和崇拜祖先的情感。〈故鄉情〉中，「來到大草原，我才醒悟到：吾身根在此，養我恩未報。」（都本偉著，《和風細雨集》，作家出版社，二○○九年六月，第八十一頁）這更是詩人對自身蒙古族身分的認同。

《和風細雨集》作為一本詩詞集，似乎只應該有詩詞類體裁，但詩詞的概括性、凝練性、跳躍性似乎限制了詩人對父母追思的細節的表現，因此，在書後加了附錄

〈大愛長存去後思——母親節的紀念〉、〈俯仰天地憶舊恩——父親的回憶〉兩篇散文。看完後，很自然地就令人想到蒙古族臺灣女作家席慕蓉創作的草原歌曲〈父親的草原母親的河〉。「感悟生活」輯的其他部分，如第七部分月下感懷中的〈思親人〉等也表現了對親人的思念之情，這些創作都印合了蒙古族的團圓文化。

民族的心態平衡

蒙古民族珍視心態平衡的喜劇意識，蒙古民族對於人的生命力和創造力的樂觀情調成為蒙古民族平衡心理傾斜的喜劇意識。「蒙古族文化心理上有一種認識，就是以『未能戰勝仇敵』、『邪惡勢力壓倒了正義勢力』、『妻離子散』、『家破人亡』、『未能報仇』、『戀人未成眷屬』、『被外來敵人侵佔故鄉』等為結局，都屬於不是完滿的結局，屬於心態傾斜。所以，未達到心態平衡往往加上『喜劇結局』。」（巴·蘇和著，《解讀：蒙古文學發展史》，遠方出版社，二〇〇五年十一月，第十七—十八頁）蒙古族的先民經歷過嚴酷的民族存亡鬥爭，逐水草而居的不穩定生活，大自然的天災人禍，形成蒙古族藝術深沉淒婉的意境，他們願意為不完滿的生活加上喜劇的結局，以求得一種心態平衡。

「和風細雨」是蒙古民族珍視心態平衡的外顯和具體表現。詩人用「和風細雨」作為心態平衡的象徵。在文學藝術的表現中，「狂風暴雨」往往象徵激情洶湧澎湃，思想鬥爭激烈，「和風細雨」往往象徵和諧的、平衡的內心狀態。他認為《和風細雨集》是他性格的寫真，也是他追求的一種境界。「和風細雨」是對和諧生活的另一種解讀。「和風細雨」也是蒙古族傳統文化的理想狀態。

詩人還在傳統的民族心態平衡內容中注入了時代的因素。他在序言中寫道：「人類社會何嘗不希望和風細雨式的建設，不再折騰，國泰民安，一派安寧祥和，從而安撫人日益浮躁的內心世界。及至家庭，更需要和諧的氛圍，濃濃的親情。『家和萬事興』，道出了事業興盛的秘訣。一個和睦美滿的家庭是人生幸福的源泉，是事業起航的港灣。」（都本偉著，《和風細雨集》，作家出版社，二〇〇九年六月，自序十四頁）

自然的和諧之美

古代蒙古人的自然審美觀主要在於崇尚藍天、崇尚大地、崇尚山林和自然界的各種動物。蒙古人和大自然是一種相互依存的物件性關係。蒙古文學屬於草原文化的一部分，它的一個突出特點是對大自然的熱愛，和風細雨是蒙古族文化的理想境界，因為和風細雨有利於草原生態建設，有利於草原牧民的生活。蒙古先民就有太陽崇拜，月亮崇拜，蒙古族是馬背上的民族，他們具有傳統的遊牧文化，最希望的是草原和風細雨，水草肥美，牛羊成群。只有和風細雨，草原才能水草肥美，牛羊成群。「自然界需要和風細雨、風和日麗」。（都本偉著，《和風細雨集》，作家出版社，二〇〇九年六月，自序第十四頁）因此，蒙古族人和大自然的一草一木有著天然的親和關係。

漫長的遊牧文化使得蒙古族人對大自然有一種深深的依戀和熱愛。詩人的詩詞有很多以大自然為審美對象，謳歌的對象，表達的是對大自然的熱愛之情。他的詩歌往往就是寫大自然的某一個景色，表現大自然甚至可以成為詩詞創作的目的，詩詞的能指和所指可以合二為一。大自然成為他的抒寫話語和抒寫目的。

詩人的情感集中於對大自然的熱愛，他的濃濃的詩情融入了大自然的一草一木。他的〈園中閑〉一詩中，有陽光、花果、綠草、藤蔓、鳥、茶，這些都是對大自然的描寫，也是蒙古族文學中常常出現的意象。

在詩人的詩詞中，大自然是和諧的，恬淡的，親和的。這種特點既有傳統蒙古族文化的積澱，又是對時代和諧生活的反映。他的〈植園〉、〈閒居〉、〈春雪〉等詩詞都具有這樣的特點。自然物和自然物之間都是和諧互助、互相依存、沒有對抗性關係。「湖岸柳綠，果園樹栽，小徑清幽花兩排。此時春風又送爽，物我無不笑顏開。」（都本偉著，《和風細雨集》，作家出版社，二〇〇九年六月，第二十六頁）「山下河，繞山過。河間浪湧蕩山坡。河為山唱歌。晨也歌，晚也歌。河戀山坡依不捨。浪花是情歌。」（都本偉著，《和風細雨集》，作家出版社，二〇〇九年六月，第四十三頁）可見他的詩詞都表現了自然物的和諧之美。

在描寫自然的和諧景物中，詩人的詩詞還有一種壯美的特點。潮魯認為蒙古族長調牧歌中那些對高天、大地、山川、湖泊以及草原的讚頌，不僅是對一個客觀存在的、雄渾壯闊的自然條件抒發感情，更蘊涵著他們思想深處傳統的壯美觀念，是他們博大胸懷和審美認識的再現。〈故鄉情〉中：「血脈與水相連，骨骼與山相接。容顏與天相映，靈魂與雲相攜。」「熊熊篝火旁，獵獵彩旗揚，牧歌沖霄漢，酒肉襲人香。」（都本偉著，《和風細雨集》，作家出版社，二〇〇九年六月，第八十一—八十二頁）詩句都表現出了壯美的審美特點。

（閻麗傑：文學碩士，瀋陽大學文化傳媒學院副教授）

詩話人生

汪清華

翻開都本偉先生的《和風細雨集》，隨著一行行詩句映入眼簾，我彷彿也懷有一顆詩心，隨著他遊覽名勝古跡，探訪親人故友，抵達舊時明月，駐足私園庭院。

一

通過「寄情山水」這一組詩詞，引我來到人間天堂的杭州，〈西湖夜色〉、〈西湖晨昏〉、〈靈隱寺聞香〉、〈花港觀魚〉，一首首詩詞宛如一幅幅清麗的山水畫卷在我面前徐徐展開；〈海南之行〉帶我來到天涯海角，諦聽海韻，沐浴椰風；〈桂林之行〉帶我在甲天下的畫卷中穿行，領略灕江之媚，陽朔風情；〈廬山之行〉我感受三疊飛瀑水花飛濺，白鹿書院朗朗書聲。沿著詩行的臺階我登上雲峰頂，和詩人一起等待那噴薄而出的朝霞；〈南寧行〉一江兩岸的燈火闌珊，〈百色行〉右江繞城的江闊水緩；〈雲南行〉碧海蒼天的映日山巒，白雪千層的洱海之邊……作者用一雙善於發現的眼睛，捕捉一個個詩化風景，用動靜結合的文字生動再現異域風情。

遠離喧囂，置身山水之間的作者心情是放鬆的，歡愉的；文字是靈動的，跳躍的；色彩是明媚的，鮮亮的。在這一組「寄情山水」的詩詞中，作者將大自然的三原色任意調和，揮灑。五光十色是這一組詩詞的基本色。

二

同樣是寫風情，作者寫鄉情、親情的詩句卻是沉重的，色彩是暗淡的。漫步兒時流連往返的紅山腳下，英金河畔時，父母魂靈的呼喚強烈撕扯著他的心，使他腳步沉重，難捨難離。那是一種淚在心中流的蒼涼。詩集隨附的兩篇懷念父母的文章更是戳痛了普天下兒女最深的痛處。之前我也讀過無數篇兒女懷念父母的文章，那些發自內心的親情呼喚每每讓我動情心悸。尤其是人到中年，父母日漸老去時，再讀這兩篇文章更是痛徹心扉。讀過〈大愛長存去後思〉多日後，那位知書達理，善良堅韌的母親形象還時常躍入我的腦海，那位視兒子為生命的母親在生命的最後歷程飽受病痛的折磨，肝腸寸斷的兒子卻無力將母親從死神手中拉回，這種生離死別的經歷使作者在母親離別後四年多仍難以癒合精神創傷。我每次讀那首〈母祭日感懷〉都會眼眶濕熱。詩中說：猶記當年訣別日，悲不禁，斷人腸。是啊，只有在夢中才能再回故鄉，因為年邁的爹娘正依偎窗前等著他。夢醒後只有清淚兩行，月色昏黃。至於那篇〈俯仰天地憶舊恩〉中的父親比起朱自清〈背影〉中的父親更加鮮活。中年得子的父親對兒子的寵愛無以復加，即使兒子長大後，每當有著譯和論文發表時，父親都會驕傲無比，彷彿兒子是諾貝爾獎獲得者似的高興。戲迷父親如醉如癡的哼唱多年來時時迴盪在作者的心中。文中說「父親出殯時我將一盤京劇名家薈萃的錄音帶放在他的口袋裡，至今仍陪伴著他在赤峰紅山墓地下的骨灰盒上。我是想讓京劇藝術陪伴著他永不寂寞」。作者用〈清明祭〉這首詞放飛心中的仙鶴，去天堂陪伴父母的魂靈。這一組詩詞最抓人心，因為這是作者最深最痛的感受。

三

作為國文教師的母親和文教局長的父親為作者營造了書香的氛圍，使他從早年起就博覽群書，即使從政多年，身居要職，讀書仍是他最大的愛好。他深受古典文學的薰陶，多年的閱讀，積累了豐富的古典文學和歷史知識，作者本身是哲學教授，哲學的思辨和深厚的美學、歷史學功底在「思古幽情」這一組詩詞中最有體現：他能自如地在文字中閃轉，把讀者帶回舊時明月的歷朝各代，通過這些詩意的再現，將歷史人物從塵煙中喚醒，使讀者能夠穿越時空，去會見那些傾國傾城的古代美女、才女。這一組詩詞，凝練的語言承載大量的歷史資訊。作者用使人驚詫的準確勾畫將西施的柔美、貂蟬的傳奇、昭君的悲壯、楊貴妃的華貴、趙飛燕的輕盈飄逸、寶珠的琴棋書畫、珍妃的冰雪聰明、香妃的國色天香……淋漓盡致地刻畫渲染，使我們看到千百年前的女子，在蒼茫變幻的歷史命運中，難以掙脫時代那既定的枷鎖，擺脫紅顏薄命的歷史詛咒。無論是興國安邦的魅力傳奇，還是國破家亡的山河破碎，詩詞中那些傳神的句子，如丹青妙手般準確描繪，使那些兼具出塵之姿淒美無比的紅顏形象，猶如置身時光之外的行為藝術，產生攝人心魄的舞臺效果。他們留下的不僅僅是高臺瓊樓深宮密徑的輕歌曼舞，花樹搖曳的御花園裡的言笑晏晏。她們中有的在肅穆華麗的帝王之家裡變為強權杖下的玩物、尤物、禮物、寵物，最後成為自生自滅的枯枝殘花。她們中也有的憑著智慧、才能和堅忍，將苦難變成莊嚴，豎起玉樹臨風的曠世身影，在史冊裡閃耀寧靜的光芒。她們才是浩瀚時光裡最美的剪影，永遠在花香深處搖曳不止，盤桓不去。

如果說作者寫女性的詩詞旖旎溫婉，寫祖先的〈祭祖〉和〈詠嘆成吉思汗〉的詩篇便來得大氣磅礴。「踏漠千秋」、「馳騁萬里」、「挺立潮頭」、「橫掃千軍」這樣充滿陽剛之氣的豪邁之詞便為讀者展示了一個馬背民族的剛毅不屈，尚勇崇武的集體剪影。作者堅信叱吒風雲、豪氣沖霄的祖先在歷史上留下的足跡，並不會淹沒在歲月的塵煙中，隨著時間褪色。詩人作為蒙古族都達魯花赤的後代，為本民族自豪，為祖先自豪的情結貫穿於這一組詩詞中。

而在寫〈帥府沉思〉時就有一種往事如煙的意味。血雨腥風的歷史章節，不免帶有時空幻化的感覺。那些離合之情，興亡之感都被歷史的寒風吹散。當所有的激越和憤懣都塵埃落定，沉寂下來後，風月宛然無異，而人間卻早已暗換芳華。從前的豪華帥府如今成了展館供人參觀。繁華如雲煙散盡之後，松陌柏隙中少帥的音容何在？作者一幅場景、一幅場景地再現陳年舊事，如果願意，還可以做一個關東印象派舊夢，只是夢尤酣暢，人已遠離……

寫這首詩時，作者像一個歷史的看客，一個溫情脈脈的守望者，於雲淡風輕中觸摸歷史的脈息。因為他清楚，在發黃的紙頁中，過往的歷史杳然而成煙塵裡的一簾幽夢。

四

整本書最能體現作者詩話人生的是「感悟生活」的一組。與其說這是一首首詩詞，不如說是一幅幅寫意畫。〈園中閑〉和〈詠春情思〉再現的是從春的這一刻開始小小庭院不同的景致。〈春雪〉、〈春園〉、〈春寒〉、〈春夢〉、〈春到〉一首首詩詞，隨著大自然節氣的變化，庭院裡的景致也如同萬花筒呈現不同的組合畫面：南柵、杏樹、桃花、皂角、藤蔓，這些景致反覆在詩詞中出現，偶爾還會飛來幾隻小鳥陪主人做伴。作者是庭院的主人，庭院是他的心靈家園，他在這裡植草種樹，品茶讀書，欣賞音樂……有時他什麼也不做，只是坐在藤下的小桌旁，想著曾經的過往。春雪初降，他居然象孩子一樣堆雪人。或許那一刻他才能釋下生活所有的重負，像童年，像在家鄉那樣無憂無慮。家才是心靈的故鄉，縱使仕途再風光無限，也要回到夢開始的地方。

他的閒情逸致來源於對生活細緻的觀察和體會。他對生活的熱愛是從骨子裡透出來的，他對生活的精緻是從心底裡體會出的，他對生活細節的領悟，對於本真性情的貼近，對於自然法則的張弛，都是常人所不及的。

整本詩集中關於夜的詩詞有多首。〈詠夜〉、〈夜語〉、〈夜巡〉、〈夜歸〉、

〈夜醒〉、〈午夜思〉、〈冬夜情〉、〈昨夜夢〉、〈夜雨〉一首首詩詞構成了輕柔的小夜曲。透過詩行，我們彷彿看到：夜幕低垂、月光如晬下，燈火微明、笙歌散盡時，作者是孤獨的。望著滿天繁星和高懸的明月，他難入夢鄉。與其孤影獨坐，不如在輕柔華麗的小夜曲中與舒曼、蕭邦相會，雲裡霧裡，欲仙欲醉。作者具有極高的音樂素養和品鑒力，正因如此，美妙的音樂才能與他相伴，給他靈感和撫慰，他的文字才能這樣潤澤，漲滿。

通過這些詩句我們能感知作者是寂寞的。雖然事業有成，由於父母雙亡，愛女遠在異國他鄉，孤獨寂寞的情緒有意無意中流露出來。同時作者也是寧靜的，心靈安靜才能容下這些安靜的情思。詩人更是深刻的，他自由而又理性地游走在自然與歷史、幻想與真實、美麗與和諧之中，但他的從容和平靜卻能給人以深邃和曠達，「寧靜致遠」應該就是這種感覺吧。

（汪清華：文學碩士，瀋陽機場海關副關長）

情到深處湧詩篇

都媛

自本偉的詩詞集《和風細雨集》於今年六月出版以來，受到美學界、詩詞界的高度評價，也受到廣大讀者的充分肯定和一致好評，很多業內人士從不同的角度分析研讀、感悟評論了作者的詩詞作品，作為作者的妹妹我亦有自己的一番解讀，在幫助哥哥分卷整理詩詞的過程中，就一次次被詩詞所飽含的真情所打動，出版後又反覆閱讀，結合他的新作也很想談談自己的看法，以求和大家共同討論。

通覽全集一百二十二首詩詞，凝結為一個「情」字。全書分三輯：「感悟生活」、「寄情山水」、「思古幽情」。篇篇抒情寫意，是「作者真性情的表達」。作者是一個內心感情極為豐富、重情重義的博愛之人，是公認的大孝子，他懂得能夠在歲月中永存、值得付出一生去獲取和珍惜的不是金錢、地位、權勢，而是人與人之間真摯的情感。

親情、愛情、友情伴隨他半個世紀的生命歷程：

親情是一曲永恆的歌。親情是這世間的大愛，這份愛會始終陪伴著人們成長的腳步，常常觸動人們心底最柔軟的部位。所以他深情地謳歌親情，感恩父母，懷念親人。

天地崩，
雙親夢斷紅山東。
紅山東，
年年風吼，
子女別痛。

兒時攜我紅山行，
而今相對影無蹤。
影無蹤，
鶴飛天外，
往事隨風。

——〈清明祭二〉

此詞把「子欲養而親不在」的創痛和昔日與父母在一起的美好回憶真切地傳達給讀者，使之與作者產生共鳴。他最近在父母墓前創作的〈天地對話〉更是打動了所有讀過這首詩的人，令人淚流滿面。

天，很遙遠，那是父母魂靈所在。
地，在眼前，父母的骨灰在裡面。
又是祭日，又立碑前。
秋雨，兒女的淚，落葉，草木的寒。
爸爸媽媽，你們好嗎？
我們又來了，訴說心中的思念！
秋過冬來了，注意防風寒。

天短夜長了，早點關墓簾。

好長時間了，未吃兒女做的飯。
媽愛吃的餃子，爸愛吃的麵，已擺在了你們面前。

你們冷嗎？火和炭已燒完。
你們寂寞嗎？兒女的書擺在外面。

你們感應到了嗎？全家又團圓。
兒女在外邊，你們在裡面。

秋雨，停了，霜葉，落了。
兒女們啟程了，帶著對你們的無限懷念……

這首自由體詩把對父母深深的懷念用細緻的構思、樸實的話語、秋天的意象表達得淋漓盡致，是對父母的深情絮語和泣血的呼喚！哥哥的親情裡還延續著深刻而博大的內容，他不忘先祖，親臨祖籍山東拜謁先人，寫就了大氣磅礴的〈祭祖〉：

踏漠千秋如卷席，
馳疆萬里馬蹄疾。
無邊大海翻作浪，
挺立潮頭誰敢欺？

天漸遠，夢無期，
都氏輩輩逐浪擊。
始祖偉業名千古，
後人承載更奮蹄！

相比於寫父母的兒女情長，這首詩體現的是豪邁的氣勢，先祖的偉業英姿，後人的理想壯志，躍然紙上，一柔一剛，柔情與豪情都是流自心底的歌。

愛情是一首朦朧的詩。

夜出逢雨，
匆匆西亭避。
冷風初嘗早春寒，
始覺輕裝薄衣。

樓外雨影斜飛，
亭內佳侶徘徊。
彼此相依相偎，
何懼冷風冷雨。

——〈避雨〉

順手拈來的是愛的相濡以沫。

深秋，
拾一片紅葉做知己：
她有高貴的雍容

與非凡靈氣；
她有著戀人般的渴望，
如膠似漆；
她是憂傷的飄離
與酣暢的密語；
她是溫馨的慰藉
與綿綿的情意；
她是上帝派來的
神秘天使；
她把秋天的愛戀
寫入藍天大地！

——〈紅葉知己〉

這首詩是他心中純潔愛情的寫照，戀人——知己，是他追求的愛情真諦。內外兼修、鐘靈毓秀是他心中的愛戀。

友情是一杯清香的茶。本偉歷來對朋友肝膽相照，也得到了朋友的信賴與尊敬。

「行山水，寄友情」，「卻別日，難分手，心意誠。」（〈謝新恩〉）對同學情誼更是一往情深，有很多小學、中學、大學的同學都保持多年的聯繫。令親朋好友稱道的為已逝同學出版詩集，並在墓前〈焚祭〉：「……柳陌桃蹊尋舊影，怎遣情深意切。焚寄與，詢聲凝噎。新雨但憐催淚下，祈蒼天，冥界有相協。恭叩首，賦悲闕。」可謂感天動地。與二十年前大學教書同事常聚常新，也令他「吟詩誦詞表心歡。交杯換盞，再邀五十年。」（〈相聚歡〉）今年九月十八日是哥哥入大學三十年紀念日，全國各地同學來瀋團聚，他更是感慨萬千，心底湧出了〈三十年聚會感言〉：

三十寒暑一瞬間，地北天南雨如煙。
山河依舊催人老，音容笑貌仍如前。
夢裡常憶同窗誼，醒時不覺白髮添。
聚散本是平常事，但留情義在人間。

這首詩寫得情意綿綿，意境深遠。往事如煙，三十年彈指一揮間，昔日的翩翩少年，都已人過半百，兩鬢泛白，不變的是這份沉甸甸的情誼。曲終人散之時，同學們把真摯的友情帶走了，並永遠珍藏在心底。

故園情、山水情、四季流轉的感懷、祖國悠久的傳統文化溫暖著他的心靈：

故鄉在哥哥心中是一支遠笛，悠揚、婉轉，久久縈繞在心間。因為，他的「血脈與水相連，骨胳與山相接。容顏與天相映，靈魂與雲相攜。」（〈故鄉情二〉）面對著埋有父母亡靈的故園和仍生活在那裡的親朋好友，他吟誦了〈英金河的訴說〉：「……唯有父母地下的呼喚，強烈地撕扯著你。還有眾多的親朋好友，讓你難捨難離！」

大自然的風花雪月、四季呈現出的美景在哥哥這裡幻化成美麗的意象和浪漫的詩篇。一百二十二首詩詞，信手翻來，是〈雪中情〉、〈冬夜情〉、〈園中情〉和〈詠春情思〉等，情情相連，是哥哥情到深處湧出的愛。晨曲、夕陽、春雨、秋夜、白雪、紅梅這一個個美麗的精靈為哥哥的詩詞詮釋了和諧的主題。可見哥哥是個性情中人，對祖國的山山水水、對故鄉、對自然充滿了真摯的感情，善於捕捉季節變化呈現出的美，營造生活的浪漫才會寫就這樣的詩篇。請看他最近作的〈中秋賦〉：

中秋，
有一種情思寄遙遠。
白的雲，

藍的天，
飛的燕，
穿行著我的思念。

中秋，
有一種情愁在遙遠。
空的谷，
靜的水，
雪的山，
你的影子不在身邊。

中秋，
有一種情願在今晚。
明的月，
朗的天，
人兩邊，

有緣千里共嬋娟！

構思精巧，中秋的意蘊被他渲染得厚重而深奧。讀者可以任意發揮想像他是寫給誰的，可以是戀人、親人抑或是友人。

本偉哥哥雖是學哲學出身，但他也研讀了大量古今中外經典文學名著，積澱了深厚的文學底蘊，對古代傑出女性的讚頌，對她們在歷史上作用的肯定，同樣飽含著脈脈深情，並蘊含著史學修養。「……揮淚別元帝，茫茫大漠寒。單于娶昭君，衷心歸大漢。」（〈昭君出塞曲〉）

通覽《和風細雨集》，「情」是出現最多的字眼，和風細雨是一種和諧的境界，其實也是「怡情」，給人以愉悅和心靈的慰籍。小品演員趙本山唱過一首主題曲：一個情字活一生，直白地道出了生命中最長久而寶貴的東西是情感，它值得我們用一生去付出。

哥哥的詩詞告訴我們：親情、友情、愛情引領我們向善，故園情、山水情教會我們感恩。激情、真情情情奔湧，促使我們對周圍張開愛的懷抱。生命和生活，一次次引發我們對情感熱烈的真愛。我們忘不了父母的身影；我們依戀愛人那清澈的眼神；我們懷念舊日朋友的臉龐；我們走不出故鄉的懷抱；我們移情於山水之間。無論我們走向哪裡，走了多久，這份情恆久不變。唯有情，才可使我們踏實過一生；唯有在情的世界，才能寫出動人的詩篇；也唯有情，才是支撐我們活下去的力量和理由。

哥哥的詩詞告訴我們：感情的最高境界其實是一種歸宿，是一種回歸大自然後的情感釋懷，一份和風細雨後的安然；感情其實也是一種對話，蘊育著無數的情懷。它不浮華、不晦澀、不矯情，是從內心裡流淌出來的汩汩清泉。

哥哥的詩詞值得品讀和珍藏。

（都媛：副編審，遼寧師範大學學報文藝學與歷史學編輯）

人生如詩

馬繼鋒

在大學讀書的四年裡，我和都本偉同住一個宿舍，十一位同學中，至少有四五個詩歌愛好者，包括我，從未發現都本偉寫詩。哲學專業的每門枯燥課程，他都學得津津有味，尤其是美學，且考試成績一流，憑此得以畢業後留校任教。

三十年後的二〇〇九年金秋，在我們共同的家鄉赤峰見到都本偉，他給我等同學的見面禮是兩本書，詩作《和風細雨集》，金融專著《農村信用社法人治理研究》。我當時感言：你當上正廳級領導我一點都不驚訝，能出詩集，居然還是詩詞，實在讓我吃驚不小。

上大學時也曾愛詩、寫詩，但畢業後從事文字工作卻一直與詩絕緣。看都本偉的詩集，猶如舊夢重溫、邂逅故友，久埋於心中的激情種子如沐春風再次萌動，情不自禁就想和詩一首。《和風細雨集》全書八萬餘字，揚揚灑灑一百多首。分感悟生活輯、寄情山水輯、思古幽情輯。詩中懷念父母，追憶摯友，寄情山水，借景生情，詠志抒懷。字裡行間透出詩人深厚的古典文學功底，充滿激情和想像的文思，以及對父母、家鄉、朋友深沉的摯愛。

大學畢業二十六年，與本偉身隔兩省區，見面只有寥寥數次，每次總是來去匆匆，無暇暢談。但同學間一直互通音訊，時常會聽到本偉在學業、事業上不斷躍升進步的消息。我等是一考定終身，本偉是考無止境，考完碩士考博士，考完博士考官，後來又以優異成績考上遼寧省教育廳副廳長，後任省政府副秘書長，如今又擢升為省金融部門正廳級幹部。本偉在大學讀書時留給我們的印象是勤奮刻苦、不甘人後，每天早出晚歸，別人酣睡時他床頭自製的小燈依舊亮著。從學者到官員，忽然又成為詩人，行業跨度巨大，但他均幹得有聲有色、有板有眼。以時間、空間、內容看，這百餘首詩更像一本日記，記述了本偉多年的生活足跡及心路歷程。作為同學、同鄉，千里之遙，難得一聚，但從這些詩裡可以窺見他在異鄉奮鬥、生活、旅行、情感等方面的所思所想、所見所聞。很難想像，這些充滿詩情、詩韻、詩意的作品是出自一個學哲學、走仕途、幹金融的人之手。詩如人生，有風花雪月，也有悲歡離合，有波瀾壯闊，也有跌宕起伏。人生如詩，付出心血、汗水和智慧，才會寫出華美的詩章。

這本書最令我感動的是他對父母逝去的感傷和對父母養育之恩的追憶。他父母一直在赤峰生活，當年健在時，我時常會遇見他們。他父親慈眉善目、熱情豪爽，一口濃重的山東口音，見到我總要談起兒子在瀋陽的近況，臉上充滿自豪和欣慰。他母親文雅端莊，臉上總帶著善良的笑意。很明顯，本偉的面貌及性情更多地繼承了母親的優點。

百善孝為先。本偉是個典型的孝子，上大學我便有所領略，這也許和他是家中獨子自小倍受父母寵愛有關，更多的出自良好的家教和知恩圖報的稟性。在他詩集的扉頁寫著獻給父親和母親的肺腑之言。詩集的第一部分都是在懷念逝去的父母。詩中寫道：「生離死別足堪傷，日常思，夜難忘。慈母音容，烙印兒心上。……昨宵夢裡又還鄉，老爹娘，正倚窗。」在〈母親節感懷〉中寫道：「萬家娘在有節過，而吾親亡難渡今。」在他的詩中，父親，母親，成為讓人思念和心痛的名字。

親情，友情，是本偉詩興的源泉，即便是少年時遙遠的友情。赤峰有一個叫鍾禮的詩人，多年前在我供職的《赤峰日報》和其他報刊上發表了大量詩作，是赤峰眾多詩人中的佼佼者。二〇〇六年六月的一天，鍾禮在馬路上行走時突發心臟病英年早逝。作為他中學的同學，本偉出資，將他一生創作的五百餘首詩付梓出版，完成了鍾禮未竟的夙願。這也成為赤峰文學界一段關於詩的佳話。

不知是本偉喜歡了詩，還是詩改變了本偉，沉浸在詩境中的本偉成了陽光男人，激情詩人。雖年逾半百，卻不見絲毫暮氣和惰性，雖仕途順達，但沒有半點官氣和做作。多年未見再聚首，我們大口喝酒，可嗓子唱歌。酒酣意濃，本偉大聲朗誦他的新詩，讓我們像回到大學時光那樣熱血奔湧，激情四射。

這就是詩的力量。

（馬繼鋒：主任記者，《赤峰日報》時政評論部主任）

詩人·詩情·詩意

都本偉詩作的近距離讀解

張崴

一

說本偉是一位優秀的學者，我信，因為他在大學時孜孜苦讀的情景，至今歷歷在目；說他是一名成功的官員，我信，因為他畢業後不久，便走上仕途，並且一路騰達；說他是一位出色的詩人，我不信，原因很簡單，上大學時未見他有詩歌方面的愛好和天賦。直到前不久，在大學畢業二十六年、入學三十年的同學聚會上，拿到了他親手送給我的一本詩集，我才相信，而且是不讀不知道，一讀嚇一跳。

二

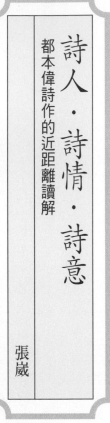

翻開這本名為《和風細雨集》的詩集，感覺既非和風，也非細雨。真情大愛，像狂風暴雨一樣，開篇就撲面而來，讓我淚流滿面。一篇一篇地往下讀，大孝親情之後，是友情、愛情、思鄉之情、懷古之情、豪邁之情和婉約之情，情情相扣、情情摯真，感動之餘，不禁自問：這就是曾和我同窗四年的都本偉嗎？是我眼拙，還是他深藏不露，當年我怎麼沒發現呢？

三

讀完全篇之後，似有恍然大悟之感。這個血管裡流淌著成吉思汗血脈的蒙古漢子，在他還沒有降生的時候，就和自己的母親一起，經歷了人生未初的生死考驗。是草原母親的仁慈和厚愛，孕育了他人性中的博大和深情。大慈大孝，可謂天地造化。且看：「生離死別足堪傷，日常思，夜難忘。慈母音容，烙印兒心上。」慈母在兒子心目中的崇高地位，由此可見一斑。慈母在遊牧民族的心目中，就是孕育萬物生長的大地，就是一切生命之根。同時，在遊牧文化體系中，她還是智慧之源。

再看：「人生憾事足堪吟，有養無寄最痛心。望兒山頭石娘遠，大海濤濤更思親。」生命可斷，情意連綿，即使化作千古之石，滴水穿石，心痛難捱。

再看：「天地崩，雙親夢斷紅山東。紅山東，年年風吼，子女別痛。」親情孝心，即使不足以驚天地，也足以泣鬼神。

歌頌慈母，禮讚祖先，原是蒙古族民歌中的永恆主題。作為一代草原名將——元朝都達魯花赤的後裔，都本偉雖然從小就深受儒學的浸潤，後經中外哲思的鍛造，識至研究生導師，按說應是豪情霸氣不足，儒雅文弱有餘。

然而，且看：「踏漠千秋如卷席，馳疆萬里馬蹄急。無邊大海翻作浪，挺立潮頭誰敢欺？」霸氣！

再看：「自古英雄磨難多，天驕生死奈若何？橫掃千軍棄屍骨，馳騁萬疆喚戰魔。鐵蹄聲聲嘶烈馬，歐亞一統必雕戈。」讀罷此詩，蒙古人豪邁英雄之氣概，力透紙背，動人心魄。那個戴著一副寬邊眼鏡，舉止文雅，說話不緊不慢的都本偉，在我眼中瞬間幻化成一位騎馬搭弓，叱吒風雲，馳騁萬里疆場上的古代蒙古勇士。

再看他的這首「草原之行」之〈故鄉行〉的前兩節：

一

來到大草原，
我才醒悟到：

吾身根在此，
養我恩未報。

二

血脈與水相連，
骨骼與山相接。
容顏與天相映，
靈魂與雲相攜。

草原情結，感恩之心，大自然之子的情懷，躍然紙上，驚嘆！驚嘆！
最後再看這首〈族聚頌〉：

「春秋」喚來群雄，
紛聚攏。
異鄉寒雨，
難抵族人夢。

茲此後，更奮蹄，
馬不停。
踏遍青山，
大地任我行。

好個都本偉，為你這句「踏遍青山，大地任我行」擊掌叫絕！英雄豪邁之氣概，迴腸盪氣，至此足矣！

四

縱觀都本偉的詩文，除了暴風驟雨般的情感宣洩，還有婉約逶迤的低語，構成了他多層人格的另一面。正是這一面，才使得他的《和風細雨集》趨於完整，達於人性之完美，形成對和諧境界的高層次追求。也正是這一面，對我來說，是分手二十六年之後對他的重新發現，令我感動之餘又驚訝不已。

五

透過本偉俠肝義膽、豪邁豁達的外表，可以發現他內心深處的一溪清流：柔情似水，淡泊寧靜，細膩清澈。有著深厚的哲學功底和多年為官的仕途經歷，本偉不僅很好地保留了他的這片心靈聖地，而且還很好地把自己的人生閱歷和這片聖地融為一體，達到了水乳交融、相得益彰的動態境界，實屬不易！

在本偉的詩作中，描寫「春」及和「春」有關的詩詞不下十幾首；描寫「夜」及和「夜」有關的詩詞也差不多同樣多。可以說，「春」和「夜」構成了本偉詩詞感悟生活的主體意象。這對看似相互矛盾的意象，在本偉的筆下，通過「夢」的勾連達到了完美的統一。

且看：「夜雨清風園靜，桃花落了春紅。昨植皂角葉初發，圓了黃楊綠夢。」夜中夢綠，夢中綠夢，夢即是綠，綠即是夢。詩人在夜中尋夢，在夢中尋綠，生命在夜中綻放，美好在暗中閃耀。

再看：「春未綠，鵲未鳴，人間久別不成夢。」春難遇，夢難求，人生境遇的另一種情態被詩人捕捉、咀嚼、消化、吐絲，其滋其味，讓人不得不去細細品味。

再看最後一首〈夜雨〉：

昨夜細雨下不停，

伴我春之夢，
過五更。
早起捲簾窺究竟？
地濕濕，
空中霧朦朦。

半生奔功名，
青雲平步升，
到此程。
欲想前路該何走？
雨輕輕，
渴望歇一程。

本偉老兄，讀罷你的這首詩，特別是尾句「渴望歇一程」，我本已無語。不過，我還想對你再說幾句。

春天應該屬於每一個人，但不是每一個人都能擁抱春天。有人失落和只擁有失落後的惆悵，有人擁有但擁有時並不歡暢，有人期盼但也許期盼無疆。你是屬於哪一種呢？也許都是，也許都不是。在你所有有關「春」的詩句中，你把「春」的意象發散了，昇華了。你就像一個魔術師，把「春」點化成無數碎片，讓人去揣摩，去遐想，去感悟。還有，「夜」和「夢」在你的筆下，既是通向「春」的通道，又成了接近「春」的障礙物。你對美好生活的追求，對完美人性的執著，對社會人生的深切感悟，盡在這三個意念中。

感動啊老兄，願你有更多更好的詩篇問世，讓我和我們繼續感動！

（張葳，北京某傳媒集團董事長）

忠孝兩全一曲歌

在都本偉詩詞研討會上的發言

楊曉雁

我是來自建平信用聯社的楊曉雁。首先我要感謝都本偉理事長，給我這個機會，讓我榮幸地見到了詩詞界的前輩、老師、朋友們。讓我在大家面前，一吐作為一名普通信合員工對他的敬仰之情。

都本偉先生做我們的省聯社領導四年了，信合工作有了翻天覆地的變化，與若干年前不可同日而語。我作為信用社的一分子，享受著他帶給我們的一切利益。但作為我個人來講，我好像從沒認真地關注過我們的理事長，我只是見過他在信合雜誌上的照片而已。但在無意中聽到別人讚許他，說他博學多才亦是詩詞愛好者，我卻大吃一驚，感慨良多。尤其是聽到在座的老前輩，以及各位專家學者們對他的種種讚譽，我為他驕傲，也為他感動。

能在當今世風浮躁的社會中，還能保持著對古典文學，尤其是古典文學的明珠——詩詞的愛好，真是難能可貴啊！而他在為官從政的百忙中還能堅持文學創作，讓我由衷產生了一種敬佩之情，開始上網搜尋他的作品。我無意中拜讀到了他的兩篇祭父祭母的文章，字裡行間，無不透著對雙親的愛戀與懷念。

如果說《和風細雨集》是一串精美的項鍊，一首首詩詞便是珍珠，那麼串起這串項鍊的就是一個「情」字。

這也是我今天要說的第一點，都本偉先生的作品所表現出來的人性之美。清代性靈派詩人袁枚說：「人必先有芬芳悱惻之懷，而後有沉鬱頓挫之作。」不論是父母、姐妹、親人間的至愛親情，還是同學、同仁、朋友、故交之間的誠摯友情，還是溫馨的愛情，濃濃的鄉情，都在都本偉先生的詩詞裡得到了體現。尤其是對父母與故友的懷念，更體現了這一點。古有季劄墓樹掛劍（註）不負諾言，伯牙摔琴謝知音，今有本偉焚書祭友全宏願。

第二點，我要說的是都本偉先生詩詞中的意境之美。無論是寄情山水，感悟生活，還是發思古之幽情，都本偉先生的作品中都有一種唯美的意象。空靈雋永，質樸清淡，充分體現了作者高雅、細膩的審美情趣。如：「和風更兼細雨，春來時，楊柳垂岸，鵲兒枝間語。雪中梅，草間花，月下梨，世間難得，相知又相遇。」（〈相遇〉）作者無時無刻不在用獨特的眼光與觸角捕捉著美，歌頌著美。真可謂：頁頁詩心至此誰能及？

然而，最難能可貴的不是他寫了多少作品，而最讓人感佩的是他能跳出喧囂世界的那顆心，是他能在光怪陸離的社會和爾虞我詐的官場中，沉澱下來的那種勝似閒庭信步、悠然見南山的心態。作者熱愛自然，熱愛生活，熱愛親人、朋友。在他的心裡總有一團火焰在燃燒，所以在他眼裡，「村村皆畫本，處處有詩材」。

詩詞是帶著鐐銬的舞蹈，然而百忙中的他還沒來得及給自己一個大的空間來做深入的研究，如今只是剛剛涉足，相信勤奮好學的他，憑著過人的才情與人格魅力，不但信合事業有成，而且還會戴著詩詞格律這樣的「鐐銬」，在詩詞王國中涅槃，舞蹈出當今美好的樂章。

同韻和都本偉先生〈詠嘆成吉思汗〉：

嘯傲鵬程感慨多，流金歲月意如何？
詩追子建憐風骨，志效天驕挽戰戈。
常有登樓思後樂，怎堪立世逐餘波。
功成每向雙親祭，劍膽琴心一曲歌。

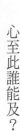

附都本偉先生原作：

自古英雄磨難多，天驕生死奈若何？
橫掃千軍棄屍骨，馳騁萬疆喚戰魔。
鐵蹄聲聲嘶烈馬，歐亞一統必雕戈。
強梁雖無長生命，但留英名代代歌。

註：季箚出使北方途徑徐國，在與徐君交談的時候，看出徐君羨慕他身上的佩劍，季箚決定出使歸來贈與徐君。當他如約歸來，徐君已逝，季箚前往徐君墓前祭奠，並解下寶劍掛在徐君墳頭的樹上。隨從不解，季箚說：「我心裡早已答應將這把寶劍贈送徐君，怎能因他去世就失信反悔呢！」

（楊曉雁：詩人，現任職於遼寧省建平縣聯社）

情動於中而形於言

試評〈可不可以〉

曉白

反覆誦讀〈可不可以〉之後，非常激動，推薦給幾個朋友，大家均被深深感動，異口同聲的讚許，於是想試著評論一下。

這是一首情真意切、構思巧妙的出色的情詩。

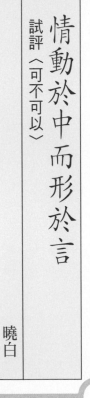

詩人的情真意切在於其對愛人的強烈思念。在大千世界之中，詩人精練地提取了幾個與愛情相伴左右的恆久意象：時間、空間、思想、身心、你我，這些意象同「分解、分割、分散、分離、分開」這幾個動詞準確搭配，通過「可以嗎？」發出設問，簡單地回答「可以」或者「不可以」，再用「所以」引出結論，而前四節的結論都表達了一個情感「想你」，「想你」也是貫穿全詩的立意。最後一節道出了「想你」的原因與無奈。

全詩構思的巧妙之處在於意料之外情理之中。開始詩人似乎試圖用一部分的時間、空間和思想來思念愛人，於是發出了這樣的問話：「時間可以分解嗎？」答案是很符合我們理性認識的：「可以！」但轉而詩人的糾結情緒顯露出來，即便時間被分解了，但用其中的哪一部分時間來思念呢？於是詩人書寫了心中真實的情結，因為時間可以分解，「所以我用每一秒鐘想你。」從設問到回答再到結論，一節中短短的三句，先是引讀者去想簡單的答案，接著又讓讀者看到了想不到的結論。讀過三節，讀者強烈感受到詩人的強烈思念情感。前三節中詩人表達了時時處處思念愛人的深情。第四節的思念更加強烈，「身心可以分離嗎？」詩人忍受了時間、空間、思想被分離的痛苦之後，不再想像自己的身心再被分離，於是從心底呼喚出「不可以！」這個回答與前三節不同，出乎讀者意料。繼而詩人毫不隱晦自己的情感，「所以我用全身心想你！」這是肉體與靈魂共同的呼聲。讀到這裡，讀者已經領略了詩人思念愛人之切，構思與語言之精巧和美妙。但詩人何以如此呢？承接讀者的閱讀情緒，詩人展開了第五節，直接向愛人發出了疑問：「你我可以分開嗎？」讀者已經深深理解了詩人的情懷，從感情上做出了不可以分開的判斷，詩人也是斬釘截鐵地回答「不可以！」但不可以又能怎樣？現實是那樣的無奈，「但卻總是你在那裡，我在這裡。」一句話道出了強烈思念的原因和聚少離多的無奈。

彼此隔離的人、時間和空間，給那些整日在相思、別離和相聚間奔波的人們一種強烈的共鳴，給人們一種難以言表的哀愁。縱的時間感，橫的地域感，縱橫相交而成十字路口的現實感躍然眼前，在平鋪直敘中自有一種動人心魄的魅力，引起人們無限的相思。

這首詩融合了中國傳統的審美特徵，在藝術上呈現出結構上的整飾美和韻律上的音樂美，在均勻、整齊的句式中追求一種活潑、生機勃勃的表現形式；在恰當的意象組合中完美地運用了詞語的音韻，使詩歌具有一種音樂般的節奏，迴旋往復，一唱三嘆。詩人就是用自己真實的感受，用音樂般的語言唱出了對愛人的深深思念之情。

不知是有意為之還是無心插柳，全詩總共一百個字，無論如何這種字數上的巧合都再次加強了詩人的情感，似乎為這種思念加上了一個百分之百的注釋。不知詩人的愛人是否如我們一般從詩的情感和形式兩個方面分析了這首情詩，或許他們有更為感人的故事。反覆誦讀〈可不可以〉之後，除了被撕心裂肺的美所震撼與陶醉之外，我最想說的是，我羨慕詩人的愛人，我祝福他們！

（曉白：北京某國家機關工作人員）

人間大愛鑄詩篇

都本偉《和風細雨集》討論會綜述

徐迎新

二〇〇九年八月二十八日，都本偉《和風細雨集》研討會在瀋陽鳳凰飯店召開。此次會議是由遼寧省美學會和詩詞學會共同發起，旨在研究《和風細雨集》，探討詩詞創作方法技巧，促進遼寧省詩詞創作的繁榮和發展。

會議由著名文藝理論家、遼寧省美學學會會長、遼寧大學文學院王向峰教授主持。會上，來自遼寧省作協、遼寧省文聯、遼寧省詩詞學會、遼寧省委政研室、遼寧省社科院文學所、遼寧省民委、遼寧大學、瀋陽大學、瀋陽師範大學、魯迅美術學院、瀋陽工程學院，以及遼寧日報社、遼瀋晚報社、遼寧人民廣播電臺、瀋陽電臺等單位的四十餘位專家學者和詩詞愛好者圍繞著詩集的思想內容、藝術形式、審美特徵、創作心理、創作技巧等問題展開了熱烈的討論。著名作家王充閭，以及劉慎思、張恩華、劉迎初、牟心海、陳巨昌等省內老領導參加了會議。會議主要內容歸結起來有以下幾方面：

一、真情抒寫，大愛永存。詩集感情樸實真摯，感人至深，得到與會者的高度評價。原省文聯主席牟心海、原作協主席陳巨昌等認為，詩集感情深沉、率真、自然，有些詩篇淒美至極，感人肺腑。省詩詞學會會長姚瑩認為其詩屬於性靈派作品，詩集用語平實，不賣弄學問，不狹隘，體現了「大我」，作者是有大愛之人。省民委薩仁圖婭認為詩集體現了作者基於傳統文化滋養的醇厚曠達，詩句出於心靈深處，體現了赤子情懷和巨大的人格力量。遼寧大學劉萱教授指出，這種真情流露源於詩人的童心，詩人在感悟自然中獲得快樂。省委政研室趙彬認為詩集中所昭示的情感是人的意志品格提升起的情感力量，是具有哲學意味的大情感，是民族精神文化的一筆寶貴財富。遼寧人民廣播電臺著名播音員房明震深情朗誦了都本偉的〈母祭日感懷〉，用完美的聲音構築起了那個充滿親情與愛的世界。

二、政文並茂，詩如其人。原瀋陽市委副書記劉迎初用「政文從來兩相成，風雨結集更著名」來概括作者不尋常的文學創作活動，認為正是作者的厚道實在，才使我們看到他為政工作的一片心，為文活動的一片情，二者相互促進。張恩華先生從詩集中看到一種境界，他認為作者胸襟開闊，眼光高遠，達到一種很高的做人的境界，而這也是寫詩之人應具備的素質。作者為政為文都體現了這種境界，是政文結合的好範例。

三、意象審美，披文見彩。遼寧社科院文學所白長青研究員認為詩集為性靈創作，作者本人和詩中的「我」很好地結合在一起。「和風細雨」意象就是春之象，體現了和諧向上的境界。詩中的日常情景同時也是直覺化生活，是美的境界，體現了生活哲理和文人情懷的合一。他進而對詩作進行了進一步分類和賞析。遼寧大學吳玉傑教授從意象批評角度對詩集中的月夜之夢和晨陽之思加以分析，對作者創作的深層心理進行把握，揭示了藝術對於現實人生的補償機制。

四、文化分析，凸顯意蘊。與會學者還從社會文化多個視角解讀了詩集。瀋陽大學閻麗傑教授從民族文化方面談了詩集的「蒙古族情結」問題，認為詩集在傳統團圓文化、民族心態平衡和自然和諧之美三個方面體現了這一特點。遼寧大學劉萱教授則從性別文化視角審視了詩集中體現出的平等的性別意識。遼寧大學徐迎新副教授從光陰意識、家園意識、和美意識與樂生意識四方面概括了詩集所蘊含的深層文化心理。

著名作家王充閭對詩集和作者給與了充分肯定，並提出中肯的意見。作者都本偉先生談了自己的創作感想，並與到會者分享了他新近創作的詩歌。大家暢所欲言，互相切磋，加深了對詩詞創作的認識與體會。會議在熱烈圓滿的氣氛中落下帷幕。

附錄一

大愛長存去後思

母親節的紀念

無論何時何地，一提起「母親」我的心都會一陣陣顫抖。自從母親離開我之後，這種顫抖就越發強烈。昨日，有朋友告訴我，母親節到了，不給你母親寫點什麼嗎？這次，除了心裡依然掠過深深的愁緒和無限的思念外，更多地想，真應為母親寫點什麼了：一是四年多了，母親在陰界，兒在人世，天上人間，該寫點紀念的文字給她；二是我已到了孔子所說的「知天命」之年，半輩子都過去了，如果說，在社會上還算活得體面的話，那都應歸功於從兒時起母親的無私關懷和言傳身教。她讓我懂得了什麼是愛？如何做人？怎樣讀書？怎樣處理各種人際關係。熟悉我母子二人的親朋都說，從我身上能看到許多母親的影子。我不敢誇我自己如何，但我不能不稱讚母親，因為母親確實是一位既平凡又偉大的女性。她的音容笑貌，就像四月的春風和煦溫暖；她的思想觀念，就像十月的群山，深邃厚重；她的人格品性，就像臘月的梅花，冰清玉潔。我的母親很完美！

記得我從懂事時起，父親就常常對我說「你們母子是相依為命」。看著母親從左胸到後背一尺多長的刀口，我慢慢地理解了父親此話的含意。母親懷著我快六個月的時候，去北京看望姥姥。一天，舅舅建議陪母親到景山公園玩玩，一來從外地來的姊姊，總要陪著逛逛京城的名勝，二來也可以使有孕在身的姊姊增加點運動量、肺活量，準備好生她的第三個寶貝。但沒想到，就是這一善意的倡議，險些使我們母子喪了性命。聽舅舅講，當他們一行興高采烈地從景山下來的時候，在臺階上，母親不小心蹬空摔了一跤，就是這一跤，使母親腎出血不止。當母親被送到當時的中蘇友好醫院時，醫生們使出了渾身解數，也難以止住母親腎內股股向外滲出的鮮紅的血液。不得已，蘇聯醫生建議摘除左腎，以防失血過多危及母子生命。如果這一決定，放在一個健壯的正常的年輕女子身上還不算什麼，醫學上講，人有一腎，足以生活幾十年。但這是一位身懷六甲的孕婦呀！父親趕到後，用顫抖的手在手術簽字單上，簽下了「保大人」的意見。然而，我母親在上手術臺前，一再向醫生懇求：「保住我的孩子，保住我的孩子！」十幾個小時的手術，在父親焦急的等待中終於做完了。也許是老實巴交的父親和溫柔賢慧的母親的日常行為感動了上帝，手術非常成功！母親的左腎摘除了，血止住了，我也完好無損。後來，父親告訴我，當我的母親從昏迷中清醒過來時，第一眼並不看自己的刀口，也不看周圍的人，而是直接瞥向自己的肚子，看是否還隆起。然後，用虛弱的聲音焦急地問父親和醫生：「孩子怎麼樣？孩子怎麼樣？」當聽說孩子完好無損後，她將麻木而又僵硬的手顫抖著慢慢放在自己的肚子上，上下來回反覆撫摸著，好像在安慰著肚子中的我：讓兒受驚了！讓兒受驚了！然後，瞬間兩眼滲出了大片的淚花。這就是我的母親，一個視兒子的生命為第一生命的母親，一個從年輕的時候，就飽經了人身痛苦和生死磨難的母親！

我出生記事後，有兩件事情至今還常常在眼前晃動。我生於五八年「大躍進」的年代，接著是六〇年代初的大蕭條、大饑荒。父母都是教育工作者，有工資掙，雖工資不高，但粗茶淡飯滿能糊口。可是，隨著饑荒的加深，日子已越來越難過了。開始，還能吃些細糧，但逐漸細糧變粗糧，粗糧變穀糠。儘管如此，母親仍能將伙食調理得粗中有細，有乾有稀。記得有一次，由於厭食，我將兩合麵（白麵與玉米麵）包的菜包子抖落得滿桌滿地都是。母親從外屋進來，開始，用驚愕的眼神看著我，緊接著，手忙腳亂地將散落在各處的「殘餡碎饃」收拾到自己的碗裡，狼吞虎嚥地放進了嘴裡，拚命地咀嚼著。看著母親的樣子，我真不知道怎麼做才好，慌慌張張地跑出了裡屋。當瞥見外屋大鍋裡的野菜湯和旁邊的一個空碗時，我明白了。就是我扔掉的菜包子，也是母親在困難時期給兒子吃的上等佳餚呀！而她自己吃的是野菜糊糊。打那後，我理解了母親的苦衷，即使是飯菜再不好吃，我也不挑食了，好像一下子就懂事了許多。這就是我的母親，把最好吃的留給兒子，而自己寧肯吃糠嚥菜的母親！

還有一次，睡意朦朧中，我被夜尿憋醒了，睜眼一看，半夜了，母親還未睡，正在昏暗的燈下，為我一針一線地縫製著嶄新的花棉襖。當時已是初冬，屋內已經很冷，可母親披著的是自己補丁蓋補丁的一件單夾襖。我知道，這件夾襖是姥姥留給她的，已經穿了幾十年。母親那時還年輕，正是有風韻、成熟、注意打扮的少婦年齡，她捨不得為自己添製一件新衣服，而將新衣連同溫暖留給自己的兒子。這就是我的母親，寧肯自己受苦受凍，也要將溫暖和舒適留給兒子的母親！

待我上學後，由於父親工作忙，家裡勞務和孩子教育的重擔就全落在了母親一個人身上。她一面要照顧好我的三個姊妹，更將其餘的精力全部投入到了我——她唯一兒子的身上。每次放學後，她早已準備好了熱呼呼的飯菜。飯後，便和我一起做功課。母親做過多年的語文教師，寫就一筆俊秀的毛筆字，散文隨筆寫得特別優美，古典文學的知識也很豐富。她不僅手把手地教我識字、練習鋼筆字，還教我寫毛筆字。更多的時候，是給我講《紅樓夢》裡賈寶玉和林黛玉的故事，《水滸傳》裡武松景陽崗打虎的故事，以及教我背誦唐詩宋詞。如果說，我現在對古典文學、古典詩詞的酷愛不減，都是那時母親給我打下的良好基礎。

人說母親是人生最好的老師，我對此深信不疑。母親不僅教我識字，引導我讀書，還以自己的人格力量影響著我。母親是位熱心腸的人，親戚朋友，誰家有個為難著窄，她比誰都著急，跑前跑後，盡力去幫忙。母親做得一手好飯菜，每次做好吃的，她總是想著親朋好友。我清楚的記得，每逢臘月，她忙年忙得最歡，包粘豆包，撒粘切糕，一鍋又一鍋地蒸。除了留夠自家食用外，她總是跑東家去西家，送去年糕請親戚鄰居一起品嘗。她總教育我說，要與人為善，多做好事，多交朋友，不做壞事、惡事，「善有善報，惡有惡報」。那時，所有家庭都不富裕，但城裡總比鄉下要寬裕得多。於是，鄉下的一些親戚，便總到家裡串門。每次母親都熱情接待，不僅自己親自下廚，將家裡好吃的一股腦地端上飯桌，臨走時，還要給鄉下的其他親戚帶些東西。久而久之，在鄰里親戚中，母親是口碑和人緣最好的，都願到我家串門。母親在贏得了大家的歡迎和尊重外，也付出了許多本應自家人享用的東西，但她一點都不吝嗇。不僅對鄰里親朋如此，對於陌生人，特別是敲上門來「要飯」的乞丐，她都能熱情接待。有一次，家裡實在找不到什麼吃的東西給乞丐了，把她急得汗珠子在腦門上直冒，最後，還是從自己的口袋裡摸出了幾個硬幣交給我說：「去，這點零錢送給『要飯的』，讓他到街上買個燒餅吃。」「要飯的」剛走，她就語重心長地對我說：「這幾分錢，對於咱家可能不算什麼，但卻能讓一個飢腸轆轆的人吃上一頓飽飯。人要有同情心啊！」這點小事在她是不經意做的，可是對我的教育意義是太大了，使我懂得了做人的道理。當長大後，讀了《論語》有關「仁者愛人」的思想，想到母親，我才曉得，母親用一種發自內心的善意去對人好，正是以自己的實際行動踐行著儒家的「仁愛」思想。這就是我的母親，一位仁慈善良、樂善好施、富有同情心的母親！

其實，母親不僅有善良仁慈的一面，而且還有錚錚俠骨的一面。記得有一次，我放學快到家門口胡同的時候，聽到了遠處母親的嘶喊聲，我以為家裡發生了什麼事，跑到近旁，我才知道，鄰居家的一個男孩受到了幾個不知從哪冒出來的「野小子」的欺負，三個人打一個人。母親當時在屋裡聽到了毆打和辱罵聲，急忙跑了出來，看到此情景，她不顧自己是四個孩子的媽媽，一個弱女子的狀況，箭步衝上前去，將被打倒的孩子從地上猛拉到自己的身後，並大聲嚴厲地斥責著那幾個「野小子」。那幾個「野小子」，以為是被欺負孩子的媽媽來助威，抱頭鼠竄，一哄而散。我趕緊跑上去，急切地問母親：「碰著了沒有？」看到她鐵青著臉，憤憤不平的自言自語道：「三個打一個，太欺負人了，成何體統！」當我和母親把鄰居家的孩子送回去返回自己的家時，這才注意到母親的右手刮破了皮，那是在拉架時，無意被劃破的。母親一邊用紗布包著手，一邊對我說：「兒子，人不能欺負人，但也不能被人欺。看見不公，不能冷眼旁觀。」這就是我的母親，一位路見不平，拔刀相助的有著男子漢性格的母親！

對待別人如此，對待自己也一樣。受到不公，她總要據理力爭。記得我上中學的時候，我們家遇到了一件被強權欺負的事情，經過是這樣的：我大姊作為下鄉知青的優秀代表，被當時的公社（現在叫鄉）推薦上大學，但是，在張榜的時候卻被一位當時革委會負責人的孩子頂替了。那時，我父親作為「走資派」正在遠郊接受勞動改造，自顧不暇，根本沒有力量去管家裡的事。我母親得知此事後很是生氣，二話不說，立即找到當時高校招生負責人據理力爭。該負責人聽了母親的控告後，頗為同情，積極向有關領導反映，但胳膊扭不過大腿，因當時所有的權力都掌握在革委會手中，一個外地來的招生老師能夠起多大作用呢？結果是可想而知的。但我母親不甘心，招生組解散返回學校後，母親仍抱著一線希望千里迢迢坐火車去該校拜見了那位招生老師。那位老師除了同情理解外，還能給母親什麼呢？雖然無功而返，但母親主持正義，不畏強權，不受欺，不服輸的性格，給我留下了永生難忘的印跡。這就是我的母親，一位愛憎分明，自立自強的母親！

母親還是一位循循善誘，教子有方的好老師。在母親的影響下，我從小懂事、聽話，愛學習，尤其語文學得特別好。還在中學時，我就能寫出上萬字的政論文章和學作古典詩詞了。而且，我自刻鋼板，自辦《簡報》，在學校很快嶄露頭角。每次我寫的東西，母親都親自過目，除了提些修改建議外，最後總是勉勵我持續寫下去。正是在母親的鼓勵和鞭策下，我的寫作能力和水平不斷地提高，很快就成了遠近聞名的「筆桿子」。正是靠著中學時的這些文字積累，我才能在後來的下鄉知青點靠自學考上了大學。

說起能考上大學，也是母親鼓勵、鞭策和正確決策的結果。一九七八年我第一次參加高考，由於準備不足，沒能考上本科，而考上了家鄉的一所專科。正在我猶豫不決，上還是不上的時候，母親談了她的觀點。她認為，第一次參加高考準備不足是正常的，何況當時的錄取比例是百分之一，競爭十分激烈，能夠考上專科，就說明兒子有一定的實力和基礎，祇要再複習一年，靠母親的輔導和當時在高三讀書的妹妹的幫助，一定能考上本科。我真佩服母親的判斷力和決策力。第二年，經過自己和全家人的共同努力，我與妹妹一起考上了大學，實現了我們全家人夢寐以求的理想。在母親的鼓勵和輔導下，我和妹妹替她出了沒能使姊姊上大學的那口惡氣。她逢人就講：「我的兒女不靠關係，不走後門，靠自己的本事雙雙考上了大學，這一生，祖輩和丈夫並沒給留下什麼財富，但卻留下了四個好兒女，他們是我最大的財富。」這就是我的母親，一位能因勢利導，教子有方的好母親！

我兄妹上大學給母親帶來無比歡樂的同時，也帶走了無限的思念。上大學四年，是她思兒最重的四年，也是她盼兒最重的四年。至今，我還留有她在四年裡給我寫的幾十封書信，透過娟娟秀體，凝聚著一個母親對兒子的千叮萬囑和深深的惦念。每當放假回鄉探親，她老早就準備好了一桌可口的飯菜，家裡收拾得一塵不染，自己打扮得整整齊齊，守著門口期待兒子的腳步，等待兒子的敲門。每當我跨入家門的時候，第一眼總能看見她眼裡滿含著期待和激動的淚花，幸福地微笑著等待著兒子的歸來。此刻，是我們母子最幸福最難忘的時刻。現在，我還每每在夢中復現那當時久別重逢的一個個片段。這讓人揮之不去的母子情，我相信，會陪伴我終生到老的！而每當假期結束，返校之前，母親又是另一番忙碌，為我打點行裝，帶這帶那，每次都把旅行袋裝得滿滿當當的，待裝不下才肯罷休。那沉甸甸的旅行袋，帶走的不僅是她精心選購的食品，更是她那愛兒疼兒的一片心！

母親是柔弱的，充滿愛心的，但同時又是剛強的、理智的。記得一九九五年八月，當父親被診斷出肺癌晚期時，對於即將失去一位廝守了半個世紀的老伴來講，內心將是多麼的痛苦不堪。但我清楚的記得，母親怕她的情緒影響兒女們，為了不使兒女過於悲傷，她強忍著淚水不讓它流出來。同時，又鎮定地對我們說：「人吃五穀雜糧，難免得病，生老病死是人生規律，有病醫病，沒有醫不了的病。」這明顯是安慰我們。她說是這麼說，但我分明看到她剛剛拭過的還有些紅腫的眼眶，以及眼睛裡布滿著的紅紅的血絲。接下來的日子裡，母親陪著父親走過了他們一生中最艱難的日子。由於我當時已擔任了較高的領導職務，工作繁忙，不能擔負起陪伴父親最後一程的責任，母親拖著年過六旬的病弱身軀，每天按時為父親熬藥，挑著樣的給父親做些他平時愛吃的飯菜，並一口一口地給父親餵下去。同時，還要指揮我的姊妹為父親準備「裝老」的一切。為了怕給遠在他鄉工作的兒子帶來拖累和惦念，每天報的都是父親病情如何好轉的消息。以至於，當我在南京師範大學參加教育部的一個學位工作會議時，才接到她打給我的父親病亡的電話，讓我感到萬分的痛苦和十分的突然。但電話那邊，言語中，她是那麼的鎮定，那麼的泰然。囑咐我說：「你父親去得安然、平靜，家裡一切都準備好了，就等你回來為你父親出殯了。」待我千里迢迢趕回老家時，果然父親的喪事她已安排得一切妥當。看著母親強忍悲痛的面孔和由於勞累過度而日漸衰老的背影，我的心中油然升起對她的深深的敬意和無限的依戀。母親的表現使我們較快地從喪父的悲痛中解脫了出來。現在想來，這才是母親真正的用意所在。

父親過世後，母親一個人過了一段時間。怕她孤獨，我們姊弟商議要給母親張羅個老伴，在晚年身邊有個說話的人，也能相互照顧一下。當我們將這個想法與她老人家一說，立即遭到了母親的嚴辭拒絕。她說：「我的身體年輕懷你時就做過大手術，這幾十年一直很虛弱，再加上撫養你們四個孩子，擔當起全家的所有家務，已遍體是傷了，到處都痛，找個老伴，我不能伺候人家，反而讓人家伺候咱，我不想給人家添任何麻煩，還是自己過好。平時，你們有空常回家看我就行了。」雖然話不多，但中心思想是不找老伴是怕給對方添麻煩。到了晚年，母親的思想中還是首先想到的是別人，而不是自己。母親的所言所行，正是千千萬萬個中國優秀母親的縮影。

讓我一生中最痛心疾首的是沒有將死神從母親身邊拉走。在她生命的最後一程，她還以自己的言行教育著我們，讓我至今常懷感動。二〇〇三年夏天，我母親得了痔瘡，便血不止，我立刻把她送進醫院醫治，誰知，這一痔，使她久治不癒。母親在手術檯上連續做了四次手術，尤其是第四次手術，醫生建議前三次手術用過腰麻，如果再用腰麻怕日後破壞神經元，站立不起來。我和母親接受了醫生的建議。這第四次手術，母親以七十歲高齡，竟未打麻藥，強忍著巨痛，一聲不吭地堅持做完了兩個小時的手術。當時我被允許在手術室裡守著母親，我親眼目睹和見證了母親在巨痛面前的無畏精神和常人難有的忍耐力。手術做完了，血慢慢地止住了，但卻給母親留下了兩腿神經痛的後遺症，從此臥床不起。我懷疑是醫院的四次手術導致了母親的腿痛病，想和醫院打醫療事故的官司。當我將這一想法說給母親聽時，她不加思索地攔住了我。她說：「醫院也盡力了，可能就是我的血流比別人特殊，你不記得，媽媽懷你時跌個跤，腎就血流不止嗎？別怨醫生，可能是我自己的毛病。」聽到母親這麼一說，我也就打消了打醫療官司的想法。同時，又一次為母親拖著病弱之軀仍然祇想著別人而唯獨沒有自己的仁慈精神所感動！一年後，由於母親臥床不起，導致肺栓塞再次入院，不得不送到ＩＣＵ（重症搶救室），割開喉嚨搶救。這是我與母親在一起的最後一段時光，雖然她插著管不能說話，但她通過表情能與我交流。我一直以為，母親在彌留之際，頭腦仍然是清醒的。一次，她示意給她紙筆，當我接過她用顫抖的手寫下的祇有我才能辨認出的歪歪斜斜的四個大字時，我一下子驚呆了，那上面竟寫著：我要回家！我立刻理解了她的意思。雖然，她不能說話，但聽力是好的，在ＩＣＵ住了一兩個月，她肯定無意中聽到醫生護士們關於住ＩＣＵ每天要花費幾千元的信息，為了給兒女和單位省些錢，她要放棄治療了。這是一位多麼偉大的母親啊！在人生的最後一刻，她仍然想的是子女，是別人，而沒有自己。我為有這樣的母親而自豪，也為終於痛失了這樣的好母親而無比的悲痛！

到今年，母親已去世整整四年多了。這四年，我老了許多。我知道，一方面是工作的勞累，另一方面是由於母親過世給我留下的過於劇烈的精神創傷。人說大悲傷身，可能是這個緣故吧！但是，面臨著失去這樣一位愛憎分明，大慈大悲，善良大度，通情達理的母親，誰會不長久地悲痛呢？在母親逝世四周年那天，我藉蘇東坡的〈江城子〉舊韻，填寫了一首〈母祭日感懷〉的詞，在今天母親節的特殊日子裡，我將其引述如下，以示紀念。

江城子・母祭日感懷

生離死別足堪傷，
日常思，夜難忘。
慈母音容，
烙印兒心上。
猶記當年訣別日，
悲不禁，斷人腸。

昨宵夢裡又還鄉，
老爹娘，正倚窗。
望子歸家，
涕淚一行行。
待到醒來情更苦，
天上月，色昏黃。

二〇〇九年五月十日母親節

附錄二

俯仰天地憶舊恩

父親的回憶

一九九六年五月二十三日傍晚，我在綠草如茵、古色古香的南京師範大學校園散步，教育部正在這裡召開全國學位委員會工作會議。作為一位剛剛走上省級教育行政部門領導崗位的我參加了這次會議。

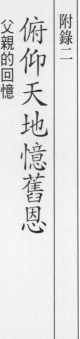

傍晚的江南，晚霞映紅了半邊天，恰逢五月，晚風拂走了一天的燥熱，校園裡的各色花木，奼紫嫣紅，映襯著遠近高低錯落有致的大屋頂教學樓。三三兩兩的青年學生或在草地上席地而坐，或在樹蔭下讀書。置身在這初夏的江南校園，使人別有一番清幽、寧靜，既凝重又浪漫的感覺。

我正在享受這美麗的校園帶給我的身心愉悅的時候，手機鈴聲突然響了起來，響得比平時急促。等我接聽到電話，那邊傳來了母親悲痛而又鎮靜的聲音。就聽她哽咽著說：「兒子，告訴你，你要有個思想準備，你父親不行了，已經在今天下午三時二十分去世。這幾天，他的身體開始告急，我怕影響你的工作，沒有告訴你。你趕快回來給你父親出殯吧！」

聽了母親的話，我一時五雷轟頂，天昏地暗。雖然父親診斷出肺癌已有八、九個月，但春節我還回老家看了他。重病在身的他，仍然精神飽滿，談笑風生，還邊吸菸邊津津樂道地給我講他的從政經驗、生活感悟，沒有一點病危的癥狀，怎麼這麼快就不行了呢？

頓時，我眼前的一切都變了模樣，西邊的晚霞顯得殘陽如血，碧綠的草色立即變得烏黑，就連遠近高低的大屋頂也像在頭頂上搖晃起來，我忍不住失聲痛哭。心裡責怪著母親，沒提前通知我，使得父親生命的最後時光，沒陪在身邊。

據說人生有三憾：一憾晚年喪子，二憾青年喪夫（妻），三憾有養無寄。想到我剛剛才有能力可將二老接到身邊撫養的時候，父親卻過早地離開了我，使我「能養而親不在」，甚至至死都沒能看上最後一眼，讓我感到無比的遺憾！

現在，父親已離開我十三年了，可他的音容笑貌彷彿還在眼前，他的正直善良的品格，一直影響著我的做人、為政。

一九二四年父親出生在山東牟平，據《明史》和《牟平縣志》記載，父親的祖先是蒙古皇族，名字已無從考證，但他的官名卻在史書上有記載，叫都達魯化赤，是蒙古高原的一位部落首領，在科爾沁草原有大片的牧場。成吉思汗統一了蒙古各部落，發兵中原和西亞後，都達魯化赤率領蒙古大軍的一支英勇善戰的鐵騎，橫掃遼西，挺進華北，收復魯西南，最後占據了膠東。元朝建立後，忽必烈鑒於都達魯化赤的赫赫戰功，封其為膠東的封疆大吏，駐守今煙臺的千里海防。由於都達魯化赤及子孫雖來自塞外蠻族，但駐守膠東近百年，深得漢文化，特別是源自於齊魯大地的儒家思想的影響，與當地的漢族關係比較融洽。元滅後，明太祖朱元璋念都達魯化赤駐守膠東的「功德」，賜「都」為姓，予其從裔，使得都氏子嗣免遭「八月十五殺韃子」的「滅族之禍」，從此「改蒙為漢」，世襲於膠東半島，靠打魚種地為生。感謝祖上的「恩德」和漢文化的「博大」，為了使其後代牢記過去的「輝煌戰績」和爭取未來的「東山再起」，祖上編了三十字可循環使用的「家譜」，供後人輩輩所用。其中前十輩為：元、本、興、基、業、書、田、競、克、昌。意思是：元（元）代時，都氏本（本）來創造了一個興（興）盛的大基（基）大業（業），雖元滅為奴，但不能消沉，後輩要勤奮讀書（書），開墾種田（田），還要與漢人一比高低，通過競（競）爭，克（克）己復禮，克服困難，臥薪嘗膽，艱苦奮鬥，最後再次走向昌（昌）盛。這份「家譜」循環往復使用，寄託著祖上對都氏子嗣的囑託和殷切的希望。我父都元芳，是元字輩，我名都本偉，是本字輩，可見，歷經六百餘年，都氏族人輩輩承襲著祖上的「家譜」，感念著祖上的恩德，並努力著，建功立業。

父親在家是長兄，下有三弟一妹。他從小就愛讀書，七歲，爺爺即送父親讀村裡的私塾，因此，父親能大段背誦《四書》、《五經》、《千字文》、《三字經〉等典籍，念了幾年私塾後，父又讀了高小、初中，因成績優異，畢業後到鄉小教書，從又轉牟平縣中，祇幾年，就從一名普通教師而升任校長。但父親年輕的時代，正是日本侵略者大肆踐踏中國東北大好河山，民族危亡之際，校園裡已放不下一張安靜的書桌。作為有著拳拳愛國之心的血氣方剛的父親，懷著對日本侵略者的民族仇恨，一九四三年秋，毅然決然地放棄了當時還較為安逸的教書生活，越洋過海到了東北，參加了東北抗日聯軍，開始了他的軍旅生涯。在炮聲隆隆的抗日戰爭和解放戰爭時期，他參加了東北三省的許多戰事。一九四七年，父親從普通士兵升任指導員，由於在部隊裡，父親文化程度較高，一九四八年被選送到我們黨創建的第一所醫學院校——中國醫科大學深造。在校兩年，開始在黑龍江佳木斯興山，後轉入遼寧瀋陽，學了一些醫學專業知識和我們黨的政治軍事理論。畢業時，正值建國初期，需要大批幹部支邊，父積極響應黨的號召，主動申請支邊，被分配到內蒙古赤峰市文教局作了一名機關幹部。於是，開始了他的五十餘年的草原生涯。也許是上天的有意安排，當年的都達魯化赤馳騁草原，所向披靡，勢不可擋，最後背井離鄉，客死海疆，過了六百餘年，他的後輩，我的父親，又越洋跨海，投筆從戎，入黨從政，千折百回，又輾轉回到了祖上魂牽夢繞的草原故鄉。

在赤峰，他為政以德，奔走於草原牧場，荒野山鄉，為少數民族的文化教育事業嘔心瀝血。由於政績突出，又是大學生，年輕有為，所以，很快就走上了文教局長的領導崗位。在他的手上，一個個游牧學校建立了起來，一個個草原文化站成立了起來，一個個烏蘭牧騎恢復了起來，經過父輩們的努力，奠定了內蒙古東部草原建國初期的文化教育事業的基礎。也是在赤峰，他娶妻生子，過上了既操勞又幸福的家庭生活。

父親和母親的相識，緣於一次教學觀摩。一九五三年祇有二十歲的母親，正出落成氣質文雅、知書達禮、文靜漂亮的大姑娘，從小接受過良好家庭教育和私塾培養的她正擔任赤峰市第三完小的語文教師，由於母親的國文課講得好，很快就在全市出了名。文教局組織市裡的教師到母親的課堂上觀摩，父親第一次見到了站在講臺前溫文爾雅、舉止大方、談吐不凡的母親，從此一見鍾情。五〇年代初，青年男女的接觸還很封閉，作為文教局領導的父親，還沒有勇氣主動求婚，於是找到了同事劉平之（在魯迅美術學院黨委書記任上離休），請他作媒。正是在劉平之伯伯的介紹下，母親認識了比她大十歲、一口膠東口音的父親，並與其結為夫妻。

很快，母親為父親生了我的兩個姊姊，父親在欣喜過後，不免有些失望，盼兒傳宗接代的舊思想也不免在新社會新思想培養起來的父親的頭腦中有所滋長。因此，當母親懷上我之後，父親急切地盼望能生個兒子。可是，當我在母腹近六個月時，一場突如其來的災難降臨，險些毀了他的盼兒夢。由於母親回娘家，去北京景山公園遊玩，不慎跌倒，引起腎出血，不得不做腎摘除的大手術，當醫生徵求父親的意見，是「保大人還是保孩子」時，父親還是毅然決然地作出了「保大人」的決定，可見父親對母親的感情至深。「天隨人願」，沒想到，不僅母親的性命保住了，我也完好無損。待我生下後，父親一見是男孩，別提有多高興了，逢人就講：我有福呀！他們母子逢凶化吉，母子雙全，這回可以傳宗接代了。於是，他按「家譜」給我起了個「都本偉」的大名和一個「康平」的小名。即希望我能繼承都氏傳統，創造出「偉業」。由於在娘肚子裡就隨母遭病劫，希望我能「健康、平安」。

父親在三十四歲，才得一子，在家裡，別提他多偏愛兒子了。冬天的時候，他常將我的小腳丫，放在他的胸前為我保暖，夏天的時候，守著我的床邊為我扇扇子。父親有一個「點心盒子」，那是母親為父親熬夜準備的「夜宵」，怕我的姊妹們「偷吃」，總是高高地放在父親的書櫥上，但每當我進入父親的書房，他都踮腳將「盒子」拿下來，讓我分享那個時代僅有的「奢侈品」。

父親身為文教局長，經常參加各種活動，如果不礙事，他總帶著我出席，因此，從小我使參加過多場文娛活動。京劇、評劇、梆子戲、二人轉看了不少。父親是個京劇迷，他不僅酷愛京劇演出，自己還能唱許多名段。因為父親對京劇的情有獨鍾，梅蘭芳、馬連良、周信芳、張君秋等京劇泰斗的名字，自小我就耳熟能詳。至今我還保存有父親在世時的一段「四郎探母」的錄像帶，他那略帶沙啞、字正腔圓的麒派唱腔和那一招一式的戲劇動作，都讓人十分喜愛。父親，不僅喜歡唱還喜歡聽，我家最早置得「大件」，就是父親為聽京劇買的收音機。後來收音機升級改成了電唱機，於是，父親的最多花銷就是買各種「唱片」。每當他買回一張新片回家，使迫不急待地打開唱機，放在唱盤上。於是，各種流派的京劇唱腔便在我家的房間迴盪。更多的時候是，父親關起門來，如醉如癡拍打著節奏跟著哼唱，以至於在父親的周圍總是有一些「票友」跟他學戲，後來竟發展成父親組織了一個民間京劇團，活躍在赤峰的影視劇院和大街小巷。每當演出時，父親既當導演又當演員，還兼作樂手，吹拉彈唱，自娛自樂，好不熱鬧。每逢這種場合，看到父親全身心投入，我身臨其境，真為他的這一酷愛而感動！甚至於在他出殯時，我將一盤京劇名家薈萃的錄音帶放在了他的口袋裡，至今仍陪伴著他在赤峰紅山墓地下的骨灰盒上。我是想讓京劇藝術陪伴著他永不寂寞！

父親是一位十分節儉的人，有時節儉得十分苛刻。可能從小在海邊過慣了爬山挖野菜，下海摸魚蝦的苦日子，以至於他官升當時的「十五級」（類似於現在的廳局級），每月有一百多塊工資收入的時候，也捨不得花錢。每次到街上買菜，他都揀便宜的買，甚至經常買「扒堆菜」，害得我母親做飯收拾這些菜時，不得不扔掉大部分。每次買刀魚，他都揀窄的買，在將這些炸好的魚端上飯桌時，他總將中間的魚肉揀在我的碗裡，而他專門揀邊上的刺吃，還津津樂道：邊上的刺有味道。五、六〇年代，無論什麼級別的幹部都是青一色的黑或藍色的中山裝，白色襯衣，黑色襪子。我清楚地記得，他的襯衣洗了又洗，襪子補了又補，他常對我說，衣服不怕舊，不怕補，祇要清潔就行。所以，父親經常穿著他那套雖補了又補但潔白、燙得整潔無漬的襯衣，外面套一件深藍色的中山裝參加各種社會活動。至今，我仍然保留著他留給我的這套中山裝，作為永久的紀念！父親閑時，好寫點東西，但我經常看到他寫完的手稿，正反兩面都有字，那是為了節省紙張，而「一紙雙用」。父親喜歡抽菸，但我從未看過他抽過高檔菸。困難時期，他自己捲旱菸抽，日子好些，最好的菸也祇是一兩塊錢一包的「古瓷」或者「遼葉」、「大生產」而已。正是這些劣質菸葉四、五十年的「煙燻火燎」，使父親晚年得了肺癌，奪去了他的性命。正如妹妹所說：京劇和香菸是父親的靈魂，京劇可謂「上帝」，延長了父親的生命，每當聽或唱起京劇，他兩緣。

眼放光，神采飛揚，身體特棒。香菸可謂「魔鬼」，縮短了他的壽命，與他結下了孽緣。

父親與母親一樣，都是極善良的人，善良得有時讓人難以置信。三年自然災害，使得所有家庭都食不裹腹，飢腸轆轆，就是這樣，父親也常惦著外地的親人和戰友。我記得，那時他總往郵局跑，或者寄錢和糧票，或者寄牛肉乾、奶酪等食品。父親更是知道禮尚往來的人，每到年節，家裡有送禮的，他都大包小包再將禮物還回去，甚至還回去的禮品總比接受的價高物美。尤其難以忘懷的是，文化大革命初期，赤峰市的領導大都被打成了「內人黨」，我父親也由於劃不清「界限」被停了職。每當平日裡朝夕相處，曾在一個「戰壕」裡戰鬥的戰友受到不公正批鬥後，父親總是想方設法接近他們，為他們送去飯菜、衣物等生活用品。可能現在看，父親的行為不算什麼，但是，那是在「血雨腥風」的文革時期呀！父親這樣做是冒著被批鬥甚至生命危險的！果然，由於父親的「立場不堅定」，不久也被打成「保皇派」而被送到了「五七」農場接受勞動改造，受到了長達一年的精神和肉體的折磨。儘管「引火燒身」，父親仍不悔改。勞動改造一結束，他就跑到當時被打倒的盟長周明（在大連理工大學黨委書記任上離休）家去看望，使周伯伯夫妻十分的感動。後來，他對我說，人在困難危急的時候，不能見死不救，人要講良心呀！這就是我的正直善良，富有同情心的父親！

父親不僅重人情，更重鄉情、親情、友情。每遇到「山東人」，不管男女老幼，他都特別興奮，好像遇到了久別的親人，那「海蠣子味」的山東話，像一種粘合劑一樣，使這些「山東人」永久地聯繫在了一起。所以，從小到大，我認識了許多或叫得出名字或叫不出名字的山東「老鄉」。對於遠在牟平的族親，他更是惦記有加，一有空閑便回去「省親」。記得爺奶年紀大了，接到了赤峰與我們同住，牟平的房子空閑下來，他特意回了趟「老家」，將房子給了遠房的兩個叔叔住。待父親過世十年後的二〇〇七年五一節，我回牟平祭祖時，還特意看了這兩個叔叔，他們至今住的仍是翻新了的爺爺的老房子。提起父親，他們都感動得熱淚盈眶。還有一位素昧平生的天津人力車夫的後代，下鄉到了赤峰，一個偶然的機會，父親認識了這位天津知青，出於同情他家庭的貧寒和一人生活的孤苦伶仃，父親盡全力幫助他，不僅為他安排了工作，而且幫他成了家。「人心都是肉長的」，一如父親的親切關懷和無私幫助一樣，當我離開家鄉上大學後，這位天津知青就像乾兒子一樣，每天守候在父母身旁，甚至在父親病重時，為父親端屎端尿，這種親如父子的關係保持了二、三十年，直至父母去世。

父親不僅有慈祥善良的一面，更有「棒子骨」脾氣，他認準的理兒，八抬大轎也拉不動。在家鄉，他是有名的「抗上戶」，每當遇到和上級不一致的意見，他非說不可。有時弄得在場的領導很難堪。為此，他還曾付出過不小的代價。文革結束後，就是由於和當時的某位領導意見不合，他被調任到自己不太熟悉的鄉企局任局長，受到了排擠。儘管如此，他堅持不改初衷，直至去世都堅持自己的理。這個方面是長期的革命生涯鍛造了他的錚錚鐵骨，另一方面是他山東人的「骨氣」所致。雖然這脾氣導致了他工作上受挫，但卻贏得了大家的普遍讚揚，給父親贏得了「主持正義」、「有性格」的美譽，在政界，父親的知心朋友更多了，威信更高了。我認為這一點正是我要好好學習的地方，作為一名正直的領導，就應敢於仗義執言，堅持真理，不能趨言附勢，人云亦云，否則組織讓你作領導還有什麼用呢？

可以說，在這個世界上，父親最疼愛、最器重、寄予無限希望的還是他的唯一的兒子。從小到大，我都是在父親的親切關懷和精心指導下成長起來的。小時候，每次感冒發高燒，父親都和母親一樣焦急萬分，有時整宿不睡，守著我的病床，一會兒量體溫，一會兒餵開水，那眼巴巴的眼神和慈祥和藹的面孔，至今我都歷歷在目。每當我在學校表現突出，受到獎勵或者得到晉升後父親都像過節一樣喜笑顏開，親自上街買菜，下廚房做飯，擺上一桌豐盛的酒席，全家人為我慶賀。尤其是一九七九年八月，當我接到了大學的錄取通知書後，他更是欣喜若狂，親手拿著我的「入學通知」

到處宣揚「我兒子考上大學了」，好像要讓世界上所有的人都知道一樣。大學四年，是他想兒最切的四年，那時他已離休在家，隔一段時間就坐火車來學校看我，除了瞭解我在大學的學習和表現情況外，每次都帶來一包包的牛肉乾、奶茶粉，讓我與同寢室同學一起分享。待我在校交了女朋友，領回老家後，他更是喜形於外，大老早特意與母親一起親自到車站迎接，對於未過門的兒媳，更是百般關心，親自下廚，親自削水果，親自燒洗腳水，以至於我的姊妹們看了都嫉妒地說：「對於親姑娘，父親也從未這樣呀！」最讓我難以忘懷的是，每當事業發展的關鍵時期，都是父親毅然決然地為我拿主意。大學畢業留校任教後，是父親一再督促和鼓勵，才使我下定了「考研」的決心。待我研究生畢業，又是父親鼓勵我勇敢地邁出遼大校門，到另一所大學任教，使我很快獲得事業騰飛的機會，做到了該校副校長的位置。而每當我的學術著譯和論文出版和發表之後，父親不僅自己認真閱讀、評價，還拿著我的書文廣為宣傳，好像他的兒子是位大作家，獲得了「諾貝爾獎」一樣。尤其是一九九五年當我參加省裡領導幹部公選的時候，父親雖已檢查出了肺癌，重病在身的他關心的不是自己的身體，而是兒子的考試。每一輪考試下來，他都拿著報紙看個沒完，逢人就講：我兒子又名列第一。當我終於「過關斬將」考上了省教育行政部門的領導職務後，他更是喜出望外，戴著老花鏡反覆看著張榜公布當日的報紙不放，眼裡含著激動和欣喜的淚花。其實這時，他已經病入膏肓，在他彌留之際，終於又看到了兒子的成長和進步！這是我唯一感到欣慰和對得起父親的地方，我沒辜負了他的希望，為他爭了光！

父親不僅愛他的親人、家人，更愛他為之奮鬥了半輩子的那片熱土。早在初來赤峰不久，他就踏遍了赤峰五萬多平方公里的土地，學會了騎馬、射箭、擠奶、放牧。那裡的藍天，讓他生出無限的遐想，那裡的河流，讓他找到了祖先的血脈，那裡的山川，喚起了他艱苦創業的激情，那裡的草原，讓他具有了廣博浩大的胸懷。赤峰的一草一木，都讓他這個外鄉人感到十分的親切和無限的眷戀。甚至在晚年，他都不肯搬住樓房，而寧願死於自己住了半輩子的平房四合院。他總說，他離不開地氣！在彌留之際，當母親徵求他的意見，將靈寢安放何處的時候，父親雖有氣無力卻十分堅定地說：「紅山，紅山，紅山。」紅山是赤峰市內的一處名山，因在此山發現了史前人類文化遺跡而聞名中外。作為老資格的文教局長的父親深知，它是中華文明的象徵，是草原兒女的「聖山」。按照父親的遺願，在他過世後，母親為他在紅山寢園選了一塊雙人墓地，將他的骨灰下土，告慰了父親的在天之靈！誰知，又過了八年，我的母親也被殘酷的病魔奪去了生命，隨父而去，在紅山腳下與父再次「團聚」。從此，紅山成了我和姊妹們魂牽夢繞的「家」。每年的清明、父母的祭日或長假，我和姊妹們都攜家帶口，趕回赤峰與親友們一起上山祭奠父母。今年的清明與往年一樣，我和家人又回到了生我養我的故鄉，仰望著紅山那巍峨的身姿，遠眺紅山腳下那緩緩流淌的英金河，在雙親的墓前，我創作了一首〈憶秦娥．清明祭〉，以告慰父母的在天之靈。在今天，父親去世十三周年的祭日，我將其引述在此，以示我對父母的懷念。

憶秦娥．清明祭

天地崩，
雙親夢斷紅山東。
紅山東，
年年風吼，
子女別痛。

兒時攜我紅山行，
而今相對影無蹤。
影無蹤，
鶴飛天外，
往事隨風。

二〇〇九年五月二十三日　父祭日寫就

預行編目(CIP)資料

和風細雨集創作散論 / 都本偉著. -- 初版. -- 臺北市：文訊雜誌社，2011.11
面；　公分
ISBN 978-986-6102-13-4（精裝）

851.486　　100022924

和風細雨集創作散論

作者　都本偉
出版　文訊雜誌社
地址　台北市中山南路十一號六樓
電話　02-23433142
傳真　02-23946103
設計　翁翁
美編　不倒翁視覺創意工作室
印刷　松霖彩色印刷公司
初版　二〇一一年十一月
定價　新台幣三五〇元
ISBN　978-986-6102-13-4